别人

任明信

這是海的第一天

你說從今以後
要過幽的日子
你不需要晦

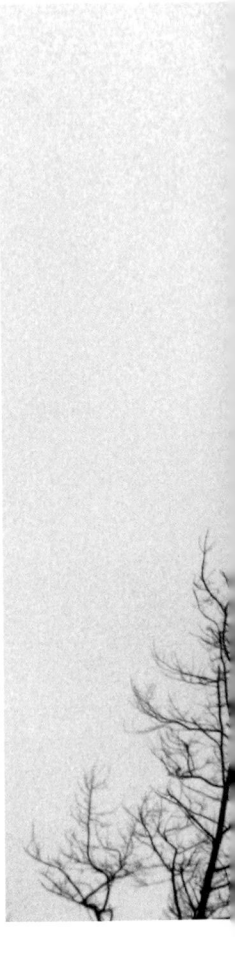

慢慢消去自己

去愛一個人

用一生的時間

海走過來
把你看穿

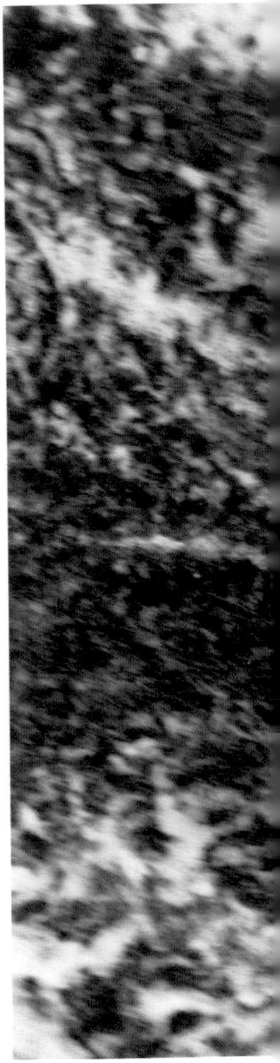

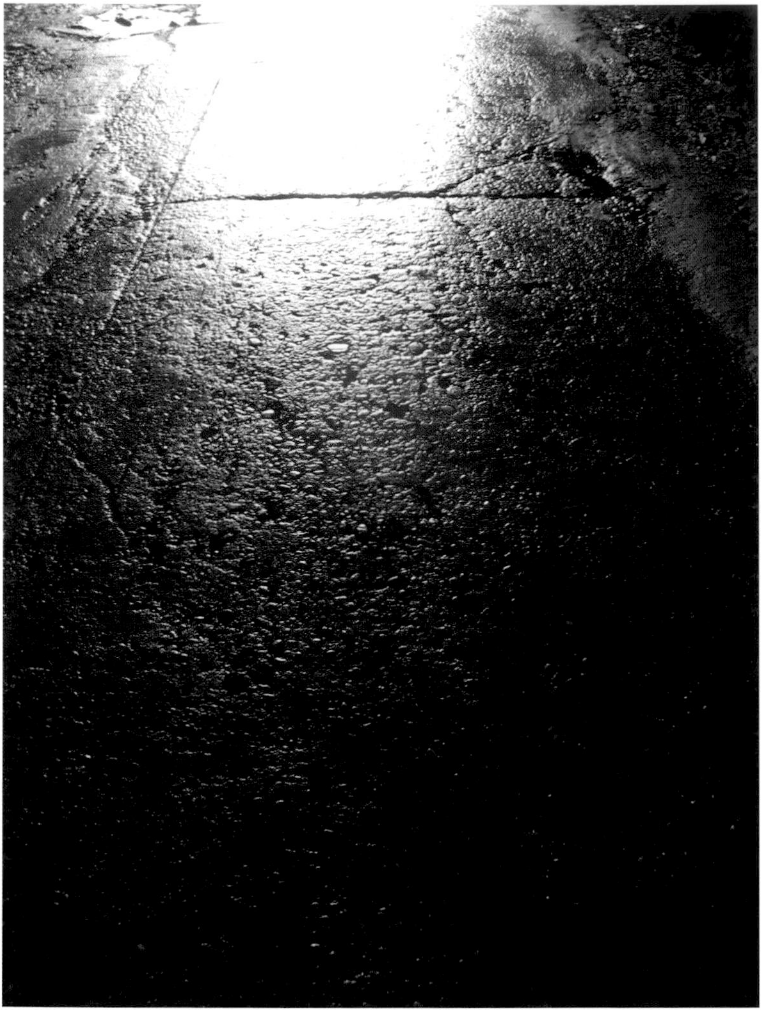

你愛的人永遠年輕
活在你愛過的時間

獻給

Gavagai 和三餘

專心生活的時候，發現文字不過是一層灰。
在專心寫字的時候，發現生活，也不過是一層灰。

不得不接受，天賜的性命。衍生境況瑣事，日常發想，人生體悟。
生命情節的堆疊，最後框限了闡釋的空間。

漸漸也不再那麼追問，存在的意義。
安置珍視的事物，比知道它們的真名更迫切。

我們都是不值的，不朽的是我們懷抱著什麼。

也欣然接受了，身而為人這件事。
不再感到抱歉。

目錄.

輯一、燈火故事

輯二、有時而盡

輯一、燈火故事

給虹

我也想跟你一起
迷你走過的路
渡你奔跳過的橋

關心是不說，傷心也是。

似乎一直都是這樣的。
習慣了跟影子談戀愛，渴望不需言明的契合。

直到後來才明白，沒有誰會是誰的影子，卻有誰是誰的光。
必須真心擁抱，才可以照見各自的黑暗。

你想能遇見真的很好。
就當彼此的毒，也是藥。

快樂和悲傷都是最愚昧的，是義無反顧，痴人的特權。

究竟此刻的強壯能存續多久，也許之後會有更深的淵藪。
但至少是遇見了。
就算最後會消亡，過程會燙傷。你也已經準備好。

被愛

朋友愛上了一個女孩。
不知道為什麼要跟我說這個，但依然恭喜他。

可是，女孩已經有了伴侶。
他的憂鬱幾乎要越過吧檯。我只平靜地說，然後呢。

可是女孩，只喜歡女孩。
慢慢摀住臉，他的劉海像岩縫中的草，自指節露了出來。
我看著窗外日光稀微，時間接近傍晚。
才想到朋友是很難喜歡人的類型。

你愛她，不是為了能被愛吧。

他放下手掌，看著磨石子地板，然後慢慢轉頭看我。

我也看著他，用一種「難道你是嗎」的眼神。

後來我們沒有再說話。
但隱約覺得他身上的緊繃逐漸潰散。

儘管還是會放棄吧。
像葉子的掉落，必須仰賴季節。
雖然故事才剛開始，但真要等到情過境遷，
可能是很久以後的事了。

鍾情

一切，都停在這裡
靠窗的位置
午後平靜
他說著不在雨天
出門的原因
然後雨落了下來

朋友問我，相不相信一見鍾情。

我說，我只相信一見鍾情。
聽完他皺著眉頭看我。
但我指的不是第一眼就愛上的那種。

一見鍾情只是單純結果。在發生之前，動情的發酵已然開始。
你們先是相遇。會有開心的時候，但也會誤解，爭吵。
你們從本能地偽裝，然後隨著熟悉逐漸厭倦。
不知不覺有一天，你發現外皮不見了。在他面前只剩下骨肉。

接著事情發生：可能是他閉上眼，專心聽音樂的側臉，可能是快樂時的雀躍；可能是喝醉後的失態行為，可能是他為了電影而掉的淚水……
你稱之為一見鍾情的時刻。你看見了對方的獨一無二，它們曾經是那麼不起眼。

其實更早之前你已經愛上了。

一見鍾情，只是你承認淪陷的狼煙。是你用來指認的玫瑰。

像亞瑟注定是王，才能自石中拔出劍；男孩必須先愛上女孩，才有玻璃鞋。

把握

而明天是明天
今後我們將在各自的夜裡變老
現在我不想

全有全無的體質。

在愛的時候像患者：怕不夠病，不夠痛。
怕傷口不夠深。

在一起的日子，不太說甜蜜的話。
不習慣稱讚，也不太會安慰人。
幾乎是不給糖的狀態。

雖不言明，但在心底。他們都是最好最值得愛。

不曾後悔過的任何一個交往的日子。
即便是爭吵，冷戰，決裂，復元的時間。

可一旦離開，就是遠方了。
全有全無的體質。

在愛的時候像患者，不愛的時候，像醫生。

寂寞

有人說分手是各自旅行一陣，旅程中也許還會相遇。
你並不覺得。

曾想像過每一個陪伴過的人，想像如果與他們一起，會擁有怎樣的家庭。也許在另一個平行宇宙中，你確實是這麼以為：能夠與他們偕老，有兒女，在彼此認知的幸福底下延續生活。儘管他們個性都不同，你也可以欣賞美好的部分，包容缺憾，在只取局部的狀態下走完一生。
但其實你根本就做不到。
已經是懂愛的人了，就不能學別人佯裝幸福。
放手的那一刻便有了心理準備，也許從此不會再見。
總是得不到的變成最想要，不管那是不是你最需要。

渴望多是盲目的，卻往往最美麗。

辜負

我愛過最好的人
在年輕的時候
那時我是浴缸裡的苔蘚
她是許願池的睡蓮
我送她詩句和誓言
她愛我非常

再次見到她，是在東部的城市。
相隔近十年。

她踩著確信的步伐，走入光線適宜的連鎖書店。
身後的男人沒有跟隨，抱著小孩留在屋外。

而你站在對街，穿著晴雨兩用的風衣，揹著露營背包，買好了乾糧，等待日光給你前往的線索。
往南或往北，山上或海邊，無論如何都是遠離人群。

她看起來比從前豐腴，或許是生育的緣故。

婚姻生活和孩子，應該已經實現了吧。她一直以來的夢想。
可惜不是你的。

很抱歉與她的邂逅，恰好是在自己壞掉的時候。
你希望她現在是幸福，可以的話，就連你的份一起。
但過去，你信手劃下了那麼深的傷口，有什麼資格祝福呢。

是的你沒有資格。你只是這麼希望著。

投石問路，決定北上，去看看迴歸線。
趁她還沒回頭之前。

戴上全罩安全帽，轉下鑰匙。

背德

不能去想像一個人
一生都做正確的事情
沒有任何一朵玫瑰
懷著同樣的刺

分開許久的前男友回來找她，但她身邊已經有了別人。

想起她曾經因為對方的放手而崩潰，如今對方突然發現，她才是自己一直等待的人。
諷刺的爛玩笑。

可畢竟為了對方死過，怎能不動搖。只是她覺得自己也不能就這樣，離開現在的伴侶。某種程度上，他是無辜的。
該怎麼辦呢。朋友問我。

我看著中正路上的車流，霓虹閃爍，如繁殖過剩的螢火。
對她說想像妳今晚，在書店同時遇見他們。
他們看見妳，彷彿約好了般同時離開，只是出了店門，一個向左，一個向右。妳會追哪一個？

她愣了許久，然後掩著臉笑了起來。

在意，是不能自欺的。
喜歡就是喜歡，沒有供需的結構，沒有應該的問題。

可是能一直在一起，成為你們。真正需要的是覺悟。
像最霸道的單選題，就算答案都是對的，你也只能選一個。
最對的那一個。

這才是等價交換真正的意義。
不是質量和價格的加乘，而是更絕對，一個品項，對應一個品項的單純。

你的愛再美，也只能給一個人。
因為你只是一個人。

婉拒

朋友很快地愛上別人了，甜蜜得像沒痛過。
我祝福她，卻也心疼她曾經的愛人。
對方至今仍在雪地行走。

從前不明白，為什麼分開的兩個人，需要封殺彼此。
為什麼一旦愛過，就無法再當朋友。

她說：你知道有什麼比絕望更傷害嗎？
我搖搖頭。

「給不可能的人希望。」

原來關係的結束，並不意味著感情的消亡。
與其讓彼此持續幻想，在曖昧的時間裡空轉，不如將一切斷絕。

儘管覺得殘忍，卻也無法否認。
延遲死亡，就是婉拒重生。

從來

你是屬於海的嗎
晴空藍得刺眼
海鳥盤旋著
要很努力才能把牠們趕走

去了沖繩四天。
過程一直是快樂，卻也混雜著酸楚。

快樂是和死黨們的胡鬧時光；酸楚則是來自可見的人為刻鑿。
每到一處繁盛的自然景點，已無法完全沉浸。
人的出現改變了既有的生態，儘管它們依然美麗非常，但我卻不斷想像著它們過去可能的模樣。

掙扎最多的，是在海生館的時候。
當海豚熱情地微笑、跳躍，為了娛樂人們而表演。
我腦中只是想著牠們必經的訓練，甚至挨餓，才能夠成就這些技術。

知道世界就是這樣改變的。
一旦你看過了全部，就無法再忽略每一個局部。

突然地想哭，然而周遭依然歡呼不斷。
取而代之的孤獨，從眼角慢慢滲了出來。

換季

疲倦的鹿跌入湖底
慢慢變冷
水幫牠脫掉舊的毛皮

女孩深陷三角習題，問我該怎麼辦。
我說我不明白她困擾的是什麼。

女孩認為對方愛原本的伴侶，比她更多。
她渴望成為對方的唯一。

這也是他的渴望嗎？
她搖搖頭。

還能怎樣呢？除了留下，就是離開。

若是不想留下，也不想離開呢？
你覺得我值得更好的人嗎？

我苦笑，思考該怎麼回答。

真話傷人，而說謊則自傷。
我放下手上擦好的杯子，抬頭看著她。

「妳覺得妳值得嗎？」

想到之前另外一個朋友曾對我說，他多麼羨慕我現在的生活。

你指的是不務正業，坐吃山空，居無定所的，這種生活嗎。

他笑了笑，說佩服我有掙脫現實的勇氣，他也想離開現下，去前往，
去試著抵達不一定存在的地方。
那為什麼不呢？

也許是被現實寵壞了，也許是隨著年紀越來越不敢冒險。
我嘆了口氣，也笑了笑。

「因為你不是真的想要吧。」

冷不防地戳破他的為難，尷尬取代了原本的輕鬆。
我們沒有再多說。任沉默難堪地剝下彼此的假面。

為什麼要在這裡跪求垂憐和諒解。
真的想要，就全力去要。
不要去數算得失，不要去計較明天；不要管目光傾斜，不要管蜚語流言。

這樣，你才匹配你的渴望，這樣你才值得被命運選擇。

喜歡安全，或害怕冒險，並沒有錯。
但不要佯裝惋惜，你厭倦了自己浪費人生。

而立之年

我是一個字，有時毫無意義，有時意義繁多。

—— 紀伯倫

更早之前，就不是小孩口中的大哥哥。
不知不覺接受了身為叔叔的事實。

默默地步入三十，數字本身是沒有意義的。
出生的那天也只是個日子，所以不再對朋友說祝福的話。
希望他們都快樂，不只是生日。

想到顧城寫的：我沒有被誰知道／所以也沒被誰忘記／在別人的回憶中生活／並不是我的目的。
但能被一些人記著，畢竟也滿足了虛榮。

人是不能更年輕的，卻不一定能變成熟。
這一年發生了許多事，也遇到許多人，心境與從前有些不同。
對社會已經不那麼拒斥。像逐漸熟悉溜冰的人流，可以維持方向，與他們一起溫順地滑行。

面對人，不再期望他們都宅心仁厚；在不想笑的時候，也學會了裝瘋賣傻。

知道有些事情，是河會過去；有些是湖，會沉積。
同樣的波紋也有不同的深淺。

知道有些人，遠看是燈塔，靠近是懸崖。

維持獨身也不壞。
能把自己活好，就是很了不起的一件事了。

目的

我們不該一心向神
我們應該
與神同住

度過了異國的耶誕。
入境隨俗，也跟著朋友們上教堂，祈禱。
本質上就是東方的過年，只是多了宗教的氣息。

吃完飯回家的路上，好奇地問了他們對同志婚姻的看法。

他們略帶為難地說，基本上不會支持，但尊重他們的感受。
我問為什麼。他說因為聖經上寫這樣是不對的。而聖經是神的話語……
接著我們陷入沉默。

你不覺得嗎？他們也這樣問我。

我笑著說我的神，不是這麼說的。

真心喜歡和他們的聚會，無論是出遊，聚餐，或在教堂。
發自內心的關心，視如己出的照顧，隨處可見的溫暖。
但此刻，小小的車廂中，第一次感覺到距離。

原來偏見到哪都是一樣的。
該怎麼說，正是過於侷限的愛，造成了對立與歧視。

話題也提到 AIDS 和原罪。
我說可是絕症不只愛滋，難道癌症也是神為了懲罰人類？
我們再度陷入沉默。

過了一會兒，他慢慢說：至少信基督，比較不會得愛滋。

如果會變成你這樣，我寧可得愛滋。
當然，這話沒出口。

基本上那些人只是病了。
我們也不歧視他們，因為有些生病的人不知道自己有病。

聽完一陣難過。

我想你說的，應該是你自己。

好命

他還小
還沒學會說話
他穿著別人衣服
像塊小破布

他不會叫，媽媽
還不能自己出去玩
偶爾母親會陪他
拿美工刀在他的手上畫畫
畫長長的掌紋
寫父親的名字

四年前，在吃飯時無意看到的新聞。
當下的震懾，回家便寫下了這首詩。

如我們所知的，小孩最後沒有長大。

作為課堂作業，與同學在陳克華老師的詩課上討論。
故事是孩童的母親因為女童不住哭鬧，便與同居男友一起將她毆打致死。
當時老師問我怎麼想。我說，我想殺了這兩個人。

然後老師點點頭，接著提到柯波帝的《冷血告白》。
又問我：你覺得邪惡需要被了解嗎？

心臟像被揪住般，突然痛了一下，感覺身體的薄殼在龜裂，有什麼知覺正被孵化。

臺下友人說，這種泯滅人性禽獸，不值得憐憫。
但老師依然看著我，說所以，不需要被了解嗎？

我慢慢點頭。說需要。

想起另一次，去朋友的家中幫忙搬家。

當我和他與他父親一起在刷油漆時，看見正在構築工事的木工，右臉有個巨大的凹陷。
朋友問父親，他的臉為什麼會這樣。父親說，因為口腔癌的手術。

朋友反射地回了：原來是愛吃檳榔，自找的。
沒想到他平時溫和的父親，放下手中的油刷，用憤怒又沉重的口吻對他說，你根本什麼都不知道。

沒錯，你什麼都不知道。
你沒有經歷過他的生活，沒有遇過他的病痛。
你沒看過他的挫折，失望，和掙扎軟弱。逕自貼上以為的標籤，且完全不覺得自己有可能錯。

雖然你什麼都還不知道。但你太憤怒，太恨了。
罪行讓家屬的苦痛被社會無限放大。你必須讓衝動找到抒發的窗口，就像性慾。
如果沒有伴侶，你只想手淫，或強暴別人。

那個時候你忘了還有愛情，僅存慾望。
就像那些毆打罪犯的人。

你不知道某種程度上，你比他更危險。可是你也不想懂。

你沒看見小丑和蝙蝠俠只有一線之隔；雙面人曾經是白色騎士。
以為眼前的凶手，就是真正的敵人。

純粹

年輕的時候只想談合身的戀愛。

沒有妥協的空間，任憑直覺行走。
可以輕易地言愛，想跳舞就跳舞，不去把握更遠的事情。

跌撞得多了，才意識到磨合的必要。
轉身是容易的，只要忍住瞬間的血光和疼痛，此後就海闊天空。
那下一次呢？

一個人的天地是暫時的，仍會有渴望說話、交流的時候。
於是再度面臨關係。

當然，我們可以總是觀望。
說是愛惜羽毛，保持自我純粹。

與一切事物神交，不去涉獵親密的戰場。

最後發現，自我的純粹，就是孤獨。
太過愛惜羽毛，最後也只會留下羽毛。

患者

杯子破的時候你笑了
因為我不小心把花
放了進去

之前北上，和老師見了面。
他看我氣色不錯，我也覺得他比想像中有精神。

他說他看到詩集後，一直惦記要找我出來吃飯。
我聽著，笑了笑。知道這是往常，習慣性的關心。

「你的詩，更完熟了。」
我將餐具放在一旁，專注地等待接下來的話。

如果這是累積數年的結果，會讀得很過癮。可是……

我看著盤上的汙漬，殘屑，零散的醬汁。
想起剛剛如何用刀叉凌遲食物。

你只花了兩年，讀起來很讓人擔心。

我抬起頭，看見他溫柔的眉頭深鎖。
於心不忍，只好又將頭低了下去。

慢慢說其實，只用了一年。慢慢地說。

其實我寫的時候，也很擔心。

冰

時間要的
你只能給
在海的草原
你曾是鯨魚的夢

去年底，某次在書店的魔幻時刻。

那天，同事還在二樓用餐，你下樓幫忙顧店。
一個女孩拿著顧城的書來結帳。
你一邊刷過條碼，一邊說這書很好看。

她問你也喜歡嗎。你說很喜歡。
她問你，是不是也喜歡讀詩。
你停頓了一下才回答。

嗯，可以算是吧。

沒想到她興致盎然地，請你推薦一些自己喜歡的詩集。
中正路微雨。店裡冷清，沒有其他客人。

你跟著她走到放滿了新出的詩集大桌旁，慢慢和她聊起。

如果喜歡溫柔語彙，可以看宋尚緯和林達陽。喜歡迷宮就讀崔舜華和蔡琳森。
想死想掉下去，可以看葉青徐珮芬；喜歡快樂的詩一定要讀蘇淺；
想要更喜歡自己，可以看林季鋼和潘柏霖。

她跟著你漫遊，一邊翻開剛才提到的詩集。
突然問這滿桌的詩集裡，你最喜歡哪一本。

除了顧城。她補上這句。

你看著《光上黑山》和《尋歡記》。
說選兩本可以嗎？

然後她笑了。有點尷尬又有點調皮。
你問她怎麼了。
她指了指《光天化日》。說你是不是討厭任明信。

尷尬於是也染上你的側臉。
咬了咬嘴唇，帶著顏面失調的苦笑，說不會啊，
我覺得他，還算不錯。

她皺起了眉頭，卻笑地更開懷。如初見花朵的巢蜂樂不可支。
用溫和的挑釁口吻，不自覺地提高了音調回應，什麼還算不錯，你以為你是誰啊。
你搔了搔太陽穴，裝作漫不經心。

接著她慢慢拿起了書，開始說起自己，有好一陣子，睡前只能讀他的詩集；她說她比較喜歡《你沒有更好的命運》。雖然最喜歡的詩是在第二本書裡。
你愣愣地看著眼前人，專心聽著，不敢問是哪一首。

她說她喜歡書裡寫神的那一輯，喜歡裡頭的神都像人，有無解哀愁；她說第二本，有些詩她並不覺得好。太過淺白，太過情緒，但又覺得不應該拿掉。
你也下意識地點了點頭。

她喜歡你寫的龍，也像她身邊一些特別的朋友。
她好奇你的生活，好奇你怎麼寫出那些字句。

女孩忘情說著，像與老友重逢。
你一邊聽她說，一邊緩緩繞著桌子走。
臉上的尷尬逐漸退去，神情平靜而安穩。

一會兒，她才回過神，放下詩集。
面帶歉意地說不好意思，自顧自講了這麼多。
你搖搖頭，慢慢抬起眼神。

落地窗外雨勢漸停。
一點都不多。你說。

謝謝妳，願意跟我說這些。

最多

曾經，你覺得自己已然看透。
世界總在構築之後崩毀；誓約在相信之後背棄；記憶在擁有之後遺忘。

厄運沒有降臨，只是因為路走的還不夠遠。
因為悲觀，於是被善意包容的時候，便牢牢記著。
儘管不是溫柔的人，也要盡可能地溫柔待人。

曾經，你也以為自己要的其實不多。
不過是想找個人一起好好活下去，為何如此困難。
經過這些年，顛沛的感情生活。才知道找到一個人，和好好活下去，是兩件事。
大多時候，你連一件都做不好。

兩個都想要，已經是一個人所能要的最多。

念念

如果你能不忘
我一定也能
永遠記得
在心上打個結
心一跳就變成蝴蝶

何時開始，變成了孤僻的人。
不愛與人互動，總是想要獨處，偶爾才渴望有人在身邊。

難得能遇到投緣的人，更別說是同類。
正因為難得，遇到了就想要珍惜。

珍惜不是刻意去延長彼此的相處，或在分開後試圖保持熱絡。
只是好好地將一切記得。
記得相識的場景，記得曾觸動你的舉止，記得分享過的思想和語言。

然後你等。
等過虛耗，等過充實，直到你們再相遇。

你就明白了思念，就明白了你們當時的再見，不是揮別。
是為了這一天，真的再見。

來電

看到電話顯示的名字，你不太確定自己的眼睛。

怎麼會是他。
以為再也不會聯繫的。道別之後，就該放棄所有拉扯。

今天不是你們的生日。
是突然想起，或者意外，舊地重遊。

如果在路上遇到，你可以自然地迴避。
但電話是如此指向明確，卻又掩蔽了所有可能的動機。

一旦接起，你的平靜便可能前功盡棄。
可是，毫無預警地打來，一定有什麼原因吧……

你決定接聽。滑過螢幕上綠色的電話符號。
「喂？」
聲音乾澀而僵硬。
電話的另一頭，沉沉不語。

試圖讓喉嚨發出其他字句，卻只敢小口呼吸。

時間滴答地過，靜默如滴水穿石。

你持續不明所以。
直到一會兒，才慢慢聽到話筒傳來，走路的聲響。隱約還有鑰匙串的玲琅，布料的摩擦。

突然明白了什麼。你閉上眼，不再顫抖。

從前還在一起的時候也曾這樣。
因為常常講電話，有時便會誤撥。
你也不會馬上掛掉。

總習慣說些甜蜜的，無聊玩笑，儘管他未曾聽見。

這次，你依然懸而不決。
只是任這無心的鏈結恣意漫長。

能這樣藏在他口袋裡多久，什麼時候他才會發現。

拿著電話，你繼續前行。
像是和他一起走，只是路早已分歧。

傷心的時候

傷心的時候
就抱著你
送的魚缸

魚缸沒有水
魚缸有魚

喜歡的人，約了你敘舊。在你們常去的酒館。

更新了彼此的後來。接著，她若無其事地問起女孩的近況。
一切如你所料。

你回想上次遇到的情景，隨意地說了些。
像是剪短了頭髮，養了第二隻貓，依然抱怨工作太忙，沒時間看電影，諸如此類。

其實你心知肚明，她真正想問的。
當她靠著酒館的牆，欲言又止。

會想知道，她現在有沒有伴嗎？

喝著調酒的她，眼神微茫。
用手指碰了碰玻璃瓶上的水珠，搖搖頭。

你騙人。

將啤酒喝完，考慮著要不要追加。
不想要知道。
你聽見她，清楚地說。

因為會很羨慕，很羨慕對方。

你故作鎮定，繼續翻閱酒單。
企圖忽視她的眼淚，酒館人聲雜沓。

說得也是。

你看著她，像魚隔著水。
感覺夜晚漫長。

不溫柔

你以為他天性冷淡，對一切漠然。

攪拌咖啡的手，忽而飄向窗外的眼神，總是分心在你說話的時候。他對朋友也不溫柔。看似熱絡，卻像蜃影。溫度是騙人的霧，真實的情緒仍在天涯海角。

直到她出現。他的眼神，開始有了漸層；他的話語出現了新的指涉，那路徑有你從未見過的奇光異景。

你明白這便是他等待的意外。
相較於庸常，如你，和他一成不變的生活。

你想起他的安慰，他的斥責，他的欲拒還迎，他的清楚在意。
他如何能夠獨善其身，身在凡世卻不落俗塵。只因他愛的是觀音。

是時候了，收拾好自己。

其實他可以溫柔的，只是對你沒有。

葬天

我從出生
祂就在旁邊看
我沒有角落
能別過身
盡頭等待我的不再是夜

可能在店裡，也可能是夜裡。
他們突然地出現，侃侃而談。

一直都明白人有各自的黑暗，而世界還有共同的，更加深厚，且巨大。
承接它們的同時，也像走過那曾經的危險。
當她說著那樣的字眼，性侵和霸凌，加害者有時是孩子，有時是親人……

我以為想死想殺人，都是平常的事。
只是一些人透過傷害自己，減輕痛楚；一些則透過傷害別人，或其他更弱小的生命。

「我殺過倉鼠喔。」她無神地平視米白牆壁。「小小黃黃的那種。」
「你會看不起我嗎？」我搖搖頭。

如果沒有辦法看見希望，要怎麼相信善良？

我說我不知道。曾想過這問題，但從來沒有答案。
能夠相信，是因為我見過，於是才明白世上仍有這樣的東西，儘管我無法擁有。

想跟她說那些加害她的人，其實也是受難者。可是我說不出口。

「總有一天，我會讓自己死掉喔。」她聳著肩膀，閉上眼睛。
「應該沒關係吧。反正也沒有人會難過。」她微微笑了。像午後無人的操場，和著陽光落下的雨點。

我閉上眼，緩慢而堅定地搖頭。

「我會很難過喔。」

可是，我說不出口。

告別的話

告別的話，不一定是再見。
有時候是早安，晚安，好吧，那就這樣，算了……

你會記得那手勢眼神，苦笑的皺褶，勉強的和諧。
空氣忽然明暗，內心漸強的轟鳴。
稻草被放上去的瞬間。

你不會預料到之後的自責，還有趨近無限的如果迴圈。
如果能察覺什麼就好了，如果更溫柔一點，如果不那麼坦承，如果留下來……

告別的話有最甜美的音樂。只是當時是不知道的。

他說明天見，你放心的，以為真有明天。

曼陀羅

你要擁有兩顆心
一顆為了在早晨甦醒
一顆在夜裡
流動黑血

在書店的日子，曾有些陌生朋友來訪。

他們安靜地上樓，像要找什麼似地環伺，直到我們眼神對上。
一種奇異的默契。
儘管帶著自己的書，但我知道他此行真正的目的，不是替他簽字。

我們聊天。有時是愛情，有時是家庭。
大部分的時間，我只是聽，當個溫順的啞巴，不發一言。
樹洞般沉默地，確定他說完了，才慢慢講一點自己想的事。

不要嘗試自殺，因為你找不到舒適又安全的方法。
跳樓太痛，放血太慢，吃藥太難，一氧化碳，除非你有車。
有力氣搞這些，不如調整姿勢，或找一個角落安置自己。
直到你有足夠力氣承受現實。

靈魂來自宇宙，身體來自血肉。
你是世界的孩子，只是由父母所生。

你沒有欠世界什麼，因為世界不求你還。
善良的珍貴，在於當下的真心為他。不在乎過去，不在乎後來。

當下的真心，才是人得以渡世的船。

索 愛

如果我們分開了，你會難過嗎？

聲音自黑暗中走來。
轉身，卻看不見問的人。
為什麼這麼說？

只是覺得，好像有沒有我都沒關係。你一個人還是可以走得下去。

也許吧。
你知道問題的答案，但從來就不願意承認。
你想說，其實有沒有關係，都無所謂了。因為那時候她已經是離開的人。

離開的人，不像仇人，更接近不再交心的朋友。

你沒說其實除了愛情，你什麼都不想和她分享。儘管再痛苦，悲傷，憂慮，和憤恨。

你只會把自己關回房間，開啟崩潰消化模式。
不再跟她分享你作的夢，不再跟她聊你今天，看了什麼書，或什麼電影，如果願意你可以再陪她看一次。
你不會再跟她去任何約定的地方。儘管最後，你還是會前往。
只是在夢裡，只是沒有她。

你不明白。其實問題只是索愛的方式。
她只是想知道自己的重量，不是真的，要你一個人走下去。

磨合

最先消失的
是習慣
還是脾氣

最後剩下的
是結晶
還是餘燼

他說很抱歉，開始的時候沒能用你希望的方式愛你。
沒想到要分開了，你才發現自己早愛上了他的方式。

我想這樣也很好。

總有一天你們都會走遠。憂傷，快樂也會消失。
留下來的總是痕跡。

而痕跡，不是為了提醒我們過去。
是為了提醒自己，其實可以比自己以為的更好。
當時的全心全意沒有被浪費，因為是僅有的一次，給唯一的人。
你們不一定是最後的選擇，卻還是為彼此做了那麼多。

如果他是真的，一切必定值得。
如果他不是，也不代表他就是錯的……

這些只是為了等待最後的人而做的練習。

後視

想要雨也被你聽見
才讓它下的
我濕了
你卻沒有

許久不見的她和你約了見面。你故作平靜。

本來那天，先和其他人約好了看電影，推掉了。
積欠的瑣事，在週末之前，也全都有條不紊地完成。

你看起來很好，至少，你希望，比你們分開的時候好。

當你們見面了。她的確也這麼說。
「你看起來很好。」

你想說你也是，但其實她看起來，不只是很好。
她比你所有記憶中的樣子都更清亮。

你愣愣地看著她，想著你們初識的時光。
然後她說，這樣我就放心了。拿出一枚紅紙。

「如果可以，還是希望得到你的祝福……」

清晰的照片，有命運錯置的甜蜜。
你看著那張如血般殷紅的字卡，感覺心肺也被輕巧地劃開。她笑容的線條，恰好是傷口的大小。

每一回，總是以為這次會不同。
在經過那麼多的欲言又止之後。

你等到的，還是再見。

她的婚禮

毀滅時刻前，也有過那樣的聲音。
無論順境或逆境，富貴或貧窮，我都願意。

是的你願意。
西裝外套底下，是她織的背心。背心底下，已經沒有東西。

無論憂傷，或快樂，疾病或死亡，都不能讓你們分離。

但是他可以。

索性

某天你突然想去旅行
後來你有了另一個家庭

某天我突然想去旅行
後來就一直站在雨裡

不一定能是對方的第一個伴，可都希望自己是最後一個。

從一開始你就知道，你不是那最後的。
其實你也不真的希望，因為凡事皆有命，強求不得。
你甚至也這麼祝福著：希望你有一天會找到。

在那之前，你們就先如此陪伴對方。
如同那首好聽的歌，你反覆在心底唱著：
「我一直明白要和你，走一段。」

隨著季節遞嬗，你們遭遇了更多，想像與想像之外的事情。
分分合合，卻依然在彼此身邊。

你幾乎已經忘了你曾這麼說過。
直到那一天，他跟你說，他終於遇見。

你才想起當時的祝願。
你才發現，曾幾何時，你已經不這麼希望了。

夢和夢的間隙越來越近，最後會不會重疊？
重疊的部分是地獄。他説。

而我懷疑每一次的醒來都是夢的皺褶。

一樣的窗門一樣的推，一樣的光線割裂牆角。
一樣的新鮮。

領口上熟悉的陰影，藏著重疊的裂痕。
裂痕背後有巨大的餓，我們吞下了什麼都像沒有。

可我還想親吻，牽你的手，為了有一天能遺忘而記得。
記得我們曾用臉頰跳舞，記得你為了探看一場戰爭而墊腳。

記得我們爭吵，他説爭吵是為了有天不再爭吵。
接起錯過的每一通電話，沉默溶蝕沉默。

記得你抱我，你用手指在背後寫了不要怕。
有一天你就會離開。

有一天，你會用離開當作禮物，送給我。

輯二、

有時而盡

返臺

此刻你坐在島國俗濫的連鎖咖啡館聽著當季的流行樂，不知該怎麼回溯那些破碎的片段。

你記得最後一天的晚餐，你們加菜。滷了牛肉和香菇，菜湯裡多加了木耳，你們吃得不比平常快或慢。你們擁抱，說了些話，你拿出要送給她的明信片，密密麻麻寫了整張。
你忘了你們有沒有接吻。

只記得她提醒早點睡，別像平常貪戀夜色，明日要早起趕去機場，其他還有諸如海關，退稅等字眼。選擇性遺忘。

醒來後依然沖澡，但更平常趕忙。你們搭公車轉 DB，換地鐵再從第一航廈乘至第二航廈。海關和退稅都遇上問題，你們盡量溝通，卻不知為何時間飛快，check-in 完機票不知不覺已要登機。空曠的圓弧廣場，透過巨型櫥窗你看到不斷有機體起落，她說過這裡是歐洲的心臟，沒幾秒就有班機昇空。
你並不覺得感動，只是更惆悵。眼前只能隨著人龍搖擺，一再地回頭揮手，輕輕地笑，不再去震盪別的什麼。

然後你忘記是誰比對方先消失，醒來你已經在機上，引擎轟隆作響，無論是以前或今後，你都會幻想著不祥。火焰撕扯你的身體，一切就在瞬間破滅。你沒有見過莊重的大教堂，華麗的鐘塔與閣樓，你不曾見過如茵的草地中矗立著森林，那森林綠得像箭毒蛙。你突然憎恨時間，覺得那不過是一些鍍在金屬圓盤上的刻度。而飛機依然在攀升……

你飛著，飛躍不知名的領土，飛越灑著破碎島嶼的海洋，你覺得它們都像你要回去的地方。接著天慢慢黑了，你知道眼前這就是黑夜，必須要經過的黑夜，此刻你與一群陌生人共享。睡前你俯瞰光的群聚，那是夜晚的城市，它們流動在大陸的肌理，彷彿斑斕鮮豔的血滴。你睡去。

半夜你被龜裂的聲音點醒。睜開眼是漆黑的機艙，聲響自窗外傳來。你開窗，看到玻璃邊緣微微結出霜花。你憶起早上打在DB上的雨點，想起那個多雨的小鎮。

那裡的雨不比花蓮特別，特別的是那裡的人總不習慣撐傘，他們平靜地走在原本的路上從不閃避，既不忽視雨的存在，也不突顯雨帶來的改變。彷彿雨就是陽光。

你再次睡去。

醒來你已在咖啡館，帶著些微的時差。

從你漸漸聽得懂周圍人的話開始，你就知道你離家近了，但你寧可睡著不醒。

你寧可記得他們夏日冗長的白晝，可以揮霍的時間那麼長；寧可想像冬天苛刻的夜幕整日籠罩，每天都令人想自盡。

寧可花長長的時間寫下這一切唯恐忘記。你知道自己多不擅長留住東西。

你明白自己愛著腳下的這片土地，即便是那個隨地吐檳榔渣的男子，坐著也能微微出汗的肌膚，對街小販的吆喝……但你仍渴望有機會能再次感受那乾而燥的空氣，再看看藍河上的野鴨如何爭食孩子拋擲的麵包屑。

你猜想那野鴨是否正是今後的你。

馬 堡 日 常

01.

在德國的生活是這樣的。

你陪她早起，趁她刷牙梳洗的時候做早飯。早餐通常有兩片吐司，一片抹奶油，一片抹巧克力，或草莓。它們都進烤麵包機，但奶油的那片需要烤更久。同時你也一邊將牛奶自冰箱取出，裝到小碗裡微波。
你喜歡牛奶上浮著的薄膜，喜歡嘴唇被它沾染。
取出吐司後你會將小熱狗也加熱，等它出油就取出來，夾在奶油吐司裡。

然後你們一起吃早餐。

也許討論吐司焦黃的程度，氣溫和雲的動向，確認今天要不要帶雨傘。
更多時候你們不說話。只是看著窗外的陽光灑在樹葉和遠方的建築，樹枝被風吹得微微顫抖。
你提醒她公車快遲了。

她準備出門，搭熟悉的七號車。
你喜歡他們的公車，到站的時候會為乘客微蹲，像紳士邀舞。這是對行動不便者的體貼。
你同時也知道這城市對盲人友善，街上不時可見神祕的點字版面。
從來沒有見過這麼多看不到的人同時在街上行走。

看不到的人也是種雙關嗎？你不禁這麼想。

而她出門，你得到了一個屬於自己的早晨。

02.

首先是清洗，喝過牛奶的小碗，放吐司的碟子。
包含昨夜的晚餐，散步完回來就懶得洗，直到今早。

你一併將它們洗淨，然後是你自己。
你沖澡刷牙，洗臉刮鬍子，一如往常。
偶爾手洗衣物，擦拭鏡子和窗戶；偶爾伏地挺身，體力依然很差。
你想要開始每天慢跑，寫明信片。
你不想比明信片更早到家。

時間過得很快，你必須和她在學生餐廳碰面了。
十二點三十三分的七號公車，你從這裡得要步行四分鐘。
換上T恤牛仔褲，剩下七分鐘，你還有三分鐘能發呆。
他們的公車準時，你不能比他們晚，或比他們早。

時間過得很快，但不比別人的快。

03.

你通常會先到達餐廳，等待的時間就用電腦上網，敲打德式鍵盤。
她到了以後你們會一起挑選午餐，每天的菜色都相似，總是有馬鈴薯和肉。
你們總是共用一份，總是吃得夠而且並不覺得膩。
你覺得你們有病，但又慶幸別人都沒有。

用完餐你拿出需要採買的清單：米、吐司、絞肉、生菜，巧克力……
你說什麼？巧克力當然是必需品。
接著你們散步去採買。
經過兩個禮拜，你已經知道哪裡的米便宜，哪裡的肉價格不合理。
你們熟練地進超市就先拿 DM，為了之後方便挑選，也順便得知本週的特賣。
為了掌握自己的荷包，習慣把每個金額都乘以四十。
你也習慣背包裡總是帶著環保袋。
買完東西，你們經過藝廊，確定最近沒有新的展覽。
然後她取出公車時刻表，你們準備返家。

04.

回家的第一件事是溫習。
語言課程繁重，每日的進度、作業均需費力跟上。

你唯一能做的是幫她查查字典，有時充當小老師抽考單字詞性，形容詞比較級，動詞變化。語言是有趣的，因為它變化多端，德語更是充滿了各式各樣的規則與潛規則。

下午的時間就是陪她讀書，累了就小憩，或自己看場小電影。
除了小憩的時間外，你幾乎都能聽到她拗口地念著許多你不懂的字。

05.

晚餐是最期待的。

時間差不多了就洗米切菜，煮滾水做菜湯。
你們用電鍋煮飯，蒸蛋，滷肉和香菇、木耳。還記得你們第一次滷絞肉，醬油是向友人借的，沒有香菇佐味只好用蘑菇。後來託朋友才在法蘭克福的亞洲超市買到了香菇。滷肉的時候沒有什麼比香菇更好。木耳在臺灣都不是很常吃的，沒想到在這裡也吃到了，依然是拜亞洲超市所賜。

你們用烤箱烤醃過的豬排，在烤之前可以淋點沙拉油添香。兩百五十度的循環熱風，十五分鐘就能出爐。雞腿和魚則比較費時，最好事先切開一些肌理，怕不夠熟。魚從冷凍庫拿出來，必須先退冰，最為麻煩，也建議進烤箱前淋上沙拉油。

蔬菜是必備的，而她只敢吃認得的那些。
羅美在這很便宜，大白菜其次，還有彩椒也是餐桌上的常客。

花椰菜吃過一次，後來再也沒出現，取而代之的是白花椰，你們也吃過一次，但不算太喜歡。

也煮過麵，泡麵和義大利麵，但都沒有飯那麼喜歡。
你流的畢竟是東方的血。

吃完飯偶爾會有水果。你們共食香蕉或蜜李，一人一半。
一頓簡單的飯，每個人約莫一點多歐元。這就是為什麼你來這裡一個月的花費不一定多過在台灣。

晚飯完了依然是清洗，內鍋和碗盤。
你們也許會趁著太陽還沒下山去散個步。
這裡的日光容易給人錯覺，等天黑要過十點，九點以前你都覺得像下午。晚點煮飯就變成了宵夜。

散完步回來，她必須繼續做功課，你重複著下午的模式，直到十一點多，她準備去洗澡，你依然打字或看電影。
等她出來，整理好明天的衣服，上課講義，就是熄燈的時候了。

06.

第一個週末，你們和朋友一起去酒吧看球賽。一年一度的歐洲盃。
在店裡的時候朋友勸你，啤酒別太快喝完，否則侍者會一直過來詢問。

你們認識了兩個新朋友，一個來自上海，一個來自韓國。
上海的她出生在新疆，曾在名古屋學習日文，如今來此學習德語；
來自韓國的他小時候曾在這住過好一陣，於是德語說得很好。
我們玩笑地用中文、日文、韓文、德文、英文相互問好。

那天是德國對葡萄牙，球員你們都不熟，只認得那個葡國的帥哥。
你們都不愛他的花稍，卻也承認他的確好看。
最後德國一比零獲勝，眾人擊掌，歡呼，高喊 "Deutschland"。

後來你們續攤去了 Schloss 看夜景。白天你們已先探過，晚上也就沒有迷路的問題。
明明是夏季，晚風卻有南國冬天的刺骨。

到了 Schloss，夜景不如你們見過的照片那般美好，隨手也用夜拍模式拍了幾張，準備帶回去欺騙別人。
回家的路上常常遇見本地人，他們高歌著勝利，見到你們便大喊 Japan，你也只能苦笑。

這時過了十二點，公車已經下班，你們彼此道別，各自離去。

07.

第二週你們去了另一個友人的德國家裡，也是為了球賽。

友人熱情地介紹了她的先生和公公，他們看起來很溫和且友善。
你想到她曾說過：這裡的居民異常地相信他人。你想到這裡的火車站沒有剪票口，大眾運輸都只有隨機的剪票員巡邏。
運氣好的話你可以搭上幾次霸王車。但你每次仍乖乖買票，覺得不值為了這種事蒙上歧視。

這場德國對荷蘭，這時你們已認識了幾名德國球員，如隊長 Lamn、前鋒 Gomez。也漸漸看得出各國球風與簡略的戰術配置。
最後 Gomez 英勇地攻下兩分，一次是隊友在禁區前的妙傳，二次是他自行帶球衝鋒。德國以二比零獲勝。

你用了簡單的字彙讚美他們的啤酒和起司。
謝謝他們溫暖的招待。

08.

第三週你們哪都沒有去。

週五和週一的超市是最多人的，事先買好了週末所需的食材，米、蛋，肉和蔬菜。你們計畫這週要好好看場電影好好休息。
週六大部分的商店都不會營業，而週日是幾乎所有商店都休息。
街上冷冷清清，人們在家喝啤酒吃爆米花。

你們看了《落日車神》、《末日情緣》和《心靈鑰匙》。前兩部你是看過的，看完了更加喜歡，心靈鑰匙一開始你不愛，後來回想漸漸替它找到一些詮釋，也覺得不錯。

09.

第四週你們計畫去 Kassel 看文件展。
據說是世界上最重要且最知名的藝術大展之一。五年一度，沒想竟被你們碰上了。

一行人來到火車站，買了車票（其實只買了你的，其他人憑學生證不需要買票），剛好旁邊有間 M。
想到他們口中流傳「德國麥當勞開賣珍奶」的消息，好奇心驅使下於是去點了 White Tea，蜜桃口味，配咖啡凍（不是要試珍奶的嗎），奶茶本身尚可，但咖啡凍實在不敢恭維。一邊等著 M 的店員做早點，一邊胡亂玩笑中，竟錯過了火車。

於是改變計劃，決定去 Frankfurt。

到了法蘭，落腳的第一站是中國餐館，你們慢慢取著餐點，悠哉地吃著，談天。餐館裡東西方人種各半，而店員都是東方人，但不知道為什麼，你們仍用外語與他們交談。

你們這餐吃了很久，也聊了很多，大夥時常笑得開懷。
你覺得她交到了一群不錯的朋友，感到有些放心。

吃完飯，你們計劃去逛教堂和河邊的博物館街，路上碰巧遇上他們的文化季。
你看到了許多賣著異國食物的園遊會，會場奏著熱情的爵士樂，有年輕人在熱舞。但這些並沒有很吸引你。

接著你們來到了德國電影博物館，簡單地參訪了一趟。讓你感動的不只是展覽的電影藝術，還有策劃展覽的博物館本身，他們皆有別出心裁的藝術元素。
你想到了在Marburg藝廊看的畫展，令你衝擊的那個畫家，他的名字因為有德文的特殊字母，你甚至不能在鍵盤上打出它，但你卻永遠不可能忘了他。

逛完後你們繼續閒晃，之後是晚飯，又意外地在吃飯的地方看了一下球賽（西班牙對法國）。你抽了生平第一次的手捲菸草，抽完後韓國朋友想將餘下的菸草和濾嘴都送你，被你謝絕了。

你只是要此時此刻，與朋友一起享受的經驗。
他們說到你要回去的前一天，適逢德國進四強的大戰，也許再來一趟法蘭感受萬人群觀大螢幕的魅力，順道替你送行。
你笑笑地說好。

你知道你已經快要離開。

10.

最後一個週末即將來到。
你們會去卡塞爾看未竟的文件展。

德國是否能晉級四強呢？你回到臺灣是否仍會掛念？
感覺歐洲盃突然距離你很遙遠，眼前只有歸期無聲無息迫近。

你不確定會不會再寫這裡的生活。
畢竟是最後了。

再見

Ich hoffe, es geht dir gut.

抱歉

你要當兵的時候，她笑著說沒關係。
每個禮拜還是可以見面。
於是你們只在週末約會，看電影，吃消夜。

後來，你們在不同的城市工作。

她笑著說沒關係，每個月還是可以見面。
有的時候是你去，有的時候是她來。
慢慢喜歡上移動時的黑夜。

後來，你意外考上了研究所，在東部。
她笑著說沒關係，每學期都會來找你。
你帶她去看大塊的雲，靠很近的山，碰碰海的身體。

後來，她意外考上了研究所，在歐洲。
她笑著說沒關係，每年都會回來，而你也可以去找她玩。
你也真的去找她玩。說陌生的語言，看異國的雨，喝便宜的啤酒，在她下課之前先把飯煮好。

後來，你回到臺灣。
一個人生活，破裂，煮咖啡，寫字，出書，流浪……

喜帖上的她，依然笑著。

只是這次，她說抱歉。

崩解

若五月是噩夢，七月就是清醒的地獄。

幾乎相信就是末日了，當你睡著的時候會開始夢見她。
每次醒來都困惑自己為何還活著。

所有的事物都在提醒你她離開的事實。
你們共同的朋友，一起去過的地方，陪伴的時光。
甚至是你獨自想念她的場所，像是電影院、咖啡館……
你懷疑你們多次討論過的未來，真的已經和你們無關了嗎？
是不是已經沒有地方能讓你們再一同前往？

你知道你現在要做的，就是把她的照片從錢包裡拿出來，再把為了她申請的 LINE 刪除。這樣就夠了，你們將慢慢失聯。事實上，你們本來就越來越遙遠。

跟原本生活道別。

症狀進入新的階段。你開始聽更濫情的歌，花更多時間跟力氣哭。與其讓時間把自己風化，你寧可將一切浸濕，任他們隨著思念迅速地潰爛。
然後你會在適當的時間割除身體，就像蜥蜴，斷尾求生。
這是你唯一想到能繼續活下去的機制。

之後呢？現在你無法去設想太遠。
八月就要來到，能否健康地迎接小孩的出生？
你沒有太大的把握。

只是城牆倒了就是倒了，世界的崩解已然發生，際遇畢竟是不可逆的。儘管重建了，也不會是原來的城，原來的世界。

分裂

關於分裂。

那一晚，我們談完後，突然很想看海，就去了西子灣。
黑夜中，西部的海像條巨大的水溝，滿是黏膩的泡沫氣息。釣客零星，曖昧的情侶零星。我看著很深很深的海，決定把自己留在這裡，於是縱身跳下。

一部分的我，從那晚之後就沒再回來。

另一部分的我，在回程的路上去超商買了便宜的威士忌，邊喝邊看了《Das Herz ist ein dunkler Wald》，很巧的它剛好也是德國片。就這樣和著酒慢慢地吞嚥混雜舌音和喉音的德語，反覆想起在馬堡一起生活的日子。還有交往了五年多中間發生和經歷的一切大小事。完全哭不出來，也不覺得痛，只是徹底被掏空。

無法想像沒有你參與的未來，那該是什麼樣子。

原來，就是我現在的樣子。

還是關於分裂。

我剛剛自己去看了午夜場的《Before Midnight》，他們倆真的變得好老好老，可我卻更愛他們了。
除卻了浪漫橋段和吳儂軟語，多了更多現實的爭吵與無奈。於他們變得更真實，更殘酷，卻也更美麗動人。

最喜歡的一段是 Celine 和 Jesse 一起看著夕陽西下，她一邊看著太陽墜落，一邊說：Still there, still there, still there…
直到太陽完全被山丘吞噬：and gone.

我就把眼睛閉上了，幾天來的壓抑，血一樣地從眼睛裡流出來。

這是我最想和你一起看的電影。
一部分的我，也留在電影院裡了。
他會永遠懷念和你一起看電影的時光，出了戲院反覆咀嚼情節和對白的快樂。他將永遠愛著你，不離不棄。

另一部分的我，喝著你最喜歡的葡萄柚綠，把最後的小熊軟糖吃完。覺得自己好像可以對人更殘忍，更有力量去恨。想著也許再刺一次青。
然後明天，我會回店裡上班，泡咖啡，與客人攀談，繼續把詩集弄完。

我們都自由了，真的。

就和相遇之前一樣。

光臨

把你點亮的人
忘了在離開的時候
把你熄滅

悲傷和快樂的事同時累積。
當快樂過去了，留下孤獨的悲傷；當悲傷過去，留下的卻不總是快樂。

換季，過節，放假，工作。生活日復一日。
對人群的恐懼益發嚴重，不時能感受太宰筆下的地獄。

倦怠的日子，偶爾為了閃避痛楚，連可能的愉悅也給捨棄。
闊別溫良許久，情緒如溼透的燭蕊，怎樣都點不燃。

永夜逼近的時刻，看著燈塔竟也會迷航。

如果什麼都不想做，就想想快樂的事，他們說。

在開玩笑嗎。
那些回憶，只會讓孤獨更悲傷。

釋懷

不知不覺就這樣活下來了，兩個多月的日子。

第一個禮拜是死的，睡也不是醒也不是，眼睛睜開卻什麼都看不見，索性就閉著等時間過。掙扎著去了一些地方，看到認識的朋友就能哭，還被好好地安慰了。
朋友要我放心，他一個人店也撐得下去，而我只能不斷地說對不起，用手摀著雙眼企圖讓淚水流慢。第一次那麼認真地想過死，也希望自己想著想著就突然死掉。只是死了書怎麼辦呢，辜負的人太多但好像不重要了，不不行封面是他的作品，你這個廢物不要再拖累別人。

看安哲羅普洛斯，看奇士勞斯基，看金基德，看碧娜鮑許，流淚不管看什麼都一樣都可以。簡單地說，你從藥變成了毒。曾經我們一起對抗外在世界，如今我獨自對抗世界，和你的一切。

說是這樣要恨卻也不是那麼容易，因為你畢竟只是想試著愛別人，你是不愛我了嗎我不想問，我只知道你不想繼續我們現在了。所以我不確定發生在自己身上的這些是所謂的傷害嗎？如果你只是自私但不帶惡意，事情的解讀便有了各種的可能。
分裂就是從這裡開始的。

我想我們還是好朋友只是不做愛了。我們還是可以聊電影音樂藝術就像之前和更之前一樣。我不會承認但是我當然還在等你，因為我根本就不想分開這完全是你一廂情願。所以我會等你回來除非你不回來。我很感謝你這麼誠實沒有拖延和隱瞞，在這個多元劈腿的社會這樣真的很不容易。
我當然希望你幸福只是更希望我就是給你幸福的人，就像你希望我也幸福但你已經不想陪我。

後來終於確定你是不愛了，於是我也能完全地抽離。
這樣很好，沒有感情的人就不需要溫暖。

也終於不再想念，無論是吃早餐的時候，看到好看或難看電影的時候，聽表演的時候，逛街看到適合你的衣服的時候……
所謂的釋懷，不代表要重新開始。

生活沒有變好不一定是更壞。

黃昏

我想我現在是好人了
冰川慢慢走向海口
海慢慢吞下太陽

從日常慢慢拼湊生活的骸骨，試圖想像它生前的樣子。

回憶是最冷血的討債公司，整日扣問，在門口潑漆塗鴉。
那些斑駁都可以辨識，一筆一劃算得清清楚楚。

出走是逃，留下也是。

你其實知道藥是什麼，也知道該怎麼樣變好。
只是，變好有意義嗎？

把太陽留給更需要的人。
你安分守著黑洞就好。

可能

如果，當初沒遇見就好了。

聽完也沒有更多情緒，除了懊悔。
從腳底到指尖，一點一滴被搾取出來。錨一樣深深的懊悔。

我們總以為這一次，就是最後。

結果只是從一種混沌，遷徙至另一種。
持續游牧的生活，逐悲傷而居。

恨過了對方，也懂得更恨自己。

可比恨更痛的，是寧願沒有。

無論重來幾次，還是希望能夠遇見。
好想好想這麼說。
為什麼現在，都不可能了。

幻覺

你是陽光
愛情是霧

兩年半了。
有時夢是突然醒的，有時是越來越醒。

比起夢的險惡，更害怕夢的美好。
以為回到從前了，都是騙人的。

即便是在一起的時候也會想著：如果有機會，還是希望你能找到更愛的人。
當他真的找到了，你卻不真的快樂。

喜愛的時間畢竟太長，認識得太深。
捨不得的除了愛情，還有友誼，和幾乎變成親人的熟悉。
連根拔除，地層下陷。

想起分開那天，螢幕上，你話都沒說只是一直掉眼淚。
我不知道發生了什麼事。

從來沒見過你這樣，卻突然懂了。

笑著說你哭什麼呢？要哭的人是我吧。
就關掉了視訊，一個人喝酒騎車到海邊。

愛上別人不是可恥的事。
可惜當時不成熟，無法原諒對方的背叛。
至今依然對自己的傲慢難以釋懷。

為什麼不好好聽你說完。
雖然儘管重來，也不會去挽回。不是你的就不是。

但如果真能重來，這次我會留下來。
對著眼前的鍵盤，即將遙遠的你，說：嘿，沒事的。

沒事的。

謝謝你這些年的陪伴。我們一起哭吧。

溫柔的人們

溫柔的人約我出去，我們吃好吃的漢堡喝熱可可。
那時候就算白天我也覺得冷。
我抽他的菸不用說謝謝，我跟他借的電影從來不還。
他最喜歡說算了，反正就是這樣。

溫柔的人讓我牽他的手。

溫柔的人找我喝咖啡，他很強壯，喜歡把頭髮剃光。
我們都屬火，從不聊傷心事。我們的喜愛都盲目。
他帶我去吃麵，在一所老學校的司令臺上聊他的感情。
午後像有雷雨。我們第一次聊這麼久。

溫柔的人說：你慢慢來。
店很小，我一個人也可以。

他不介意我這麼壞。

溫柔的人約我看電影，他瘦瘦的，有帥氣的短髮。
他傷得比我重卻向我道歉，我不知道為什麼。
因為他在我身上也看到自己嗎？那天的電影結局我也意外地不懂。
最後只記得説給自己聽的那句：關於等待，最困難的是什麼都不做……

溫柔的人收留我，我們喝酒，玩遊戲。

溫柔的人帶我吃牛肉，請我吃可口的小菜，喝冰涼的桂花釀。
我從他的口中聽到故事，沒有一個快樂的。
我説著我的麻木，他談著他的無感。一個傍晚就這麼過去。

是否接受了事實，就等於好轉？
腦中卻又忽然響起她的歌。

藍天白雲，當你離去。

藍天白雲。

我曾經眼裡只有你。

牽掛

為了活下來終於弄斷了尾巴
身體漸漸死去
尾巴卻一直活著

大多時候你活得與常人無異。
工作吃飯，上廁所洗手，晚睡失眠，賴著床醒來。
過去的記憶南極般遙遠，如凍於冰河下的骸骨，陽光也照不進。

只有夢，偶爾若無其事地滲入。像最嫻熟的考古學者，用溫熱的手指這裡敲敲，那裡點點，直至冰融骨現。

屆時，你又必須將所有的回答重新演練一次：
都過去了，那不重要，我現在過得很好，祝你幸福，再見……

現實中，朋友總是擔心你的境況，當文字又提及感情的曾經。
你也不知道該怎麼說服他們，自己其實真過得好。
至少，大多時候。

想起那些事情，並不是想念。
只是因為深深愛過，一部分從此留在那裡。

無常

再夢見的時候，我沒有笑，但也沒哭。
距離上次已不復記憶。

知道夢是不會放過人的，如今我也不需要。

不需要再被提醒，是因為沒有忘，是不能忘也不覺得要忘。
就是那些扎進血肉的碎片，身體才長成今天的樣子。
拒絕回憶也是拒絕現在。

記得夢裡我們爬山，我對你揮手。
你說抱歉，不能赴明天的約了。我說我知道。

明天不會，後天也不會，明年，後年，都不會。
這就是未來了。

既無約定，就不用期待履行。

想到當時刺在胸口的字，疊合我們的名；一個無意義的生字，作為禮物生日送給你。
不會讀就亂讀，沒有意義也憑空捏造。
就說是「我們」。

此時此刻的我們，不是我也不是你，更不是我和你。
而是兩者之間，混沌的超越個人性的東西。

你開玩笑地說，如果有天分開了怎辦？
我沒有回答，只在心底想：那就讓它變成「無常」。

無常是你覺得不會，但依然再愛了；無常是你覺得會死，卻一直沒有。

時間算計著我們的老，持續考驗我們對生活的耐煩。
雖然，我們不會再一起跳舞了。

雖然我們各自擁有了新的舞伴，還是想說。
謝謝你曾陪我一段。

分別

停下腳跟
路在眼前漫開
我們沒走
就說再見

養傷的時候，曾做過許多有她的夢。
大部分模糊破碎，少數清晰。

印象深刻的其中一個。我們約了去看現場演出。
一切開心一如往常，但我是啞的。
試著想說什麼，但喉嚨像被拿走，空空的，沒有聲音經過。
只好一直苦笑著，聽她說話。

後來演出結束，我們準備離開。
順著喧鬧的人潮走，遠遠地看見出口，有個人影在等她。
我知道夢要醒了。

就握住她的手。緩慢且吃力地，問她一句話。
可依然沒有聲音，說到後來幾乎是吶喊。她仍一臉茫然。

最後我放棄了，鬆開她的手。
人潮突然靜止。
她看著我，笑著對我說：一直都有啊。

然後醒來。
眼前是淩晨的天花板，可以聽見附近小學的鐘聲，車水馬龍。所謂的現實。

「妳的心裡，還有我嗎？」

像是為了確認什麼，慢慢說出夢裡的話。

別人

好朋友之後也要去德國。
如今，這個國家已不再讓我分心。

她的男朋友要去念書，他的老師要她一起去。
「相愛的人不應該分開。」
這是他的老師說的。
如果當時，也能遇見這樣的人對我說就好了。

算了也就這樣。
放下全部之後亦感到某種慶幸。
無論有沒有以後，都讓我看過了絕世的光景。

曾經是隨便生活的人，也是因為伴侶所以才能感受日常的美好。
飯菜有味道，酒水有味道。
一個人的甜不再甜，兩個人的苦也不是苦。
甚至為了彼此而變得更好，連自己都不認得自己。

才知道原來一個人是有極限，但多了另個人，雙方的限界都會解除。
想到《Interstellar》說的：愛能夠超越維度。

那我們過去的算是什麼呢？
被時間和距離擊潰的愛情，只是純粹的人的自性。

聽到他們在一起的時候，不需要提醒自己就能平靜。
我想現在可以算是人生最強壯的時候。

抑或只是釋懷？
徹底明白那些都不再屬於自己，弄丟了也不可惜。

也遇過一些人說愛我。
若在從前，他說會奮不顧身靠近，但現在只想好好活下去。

我說謝謝，你做得很對。
無法同意更多。

現在已經能夠一個人去看電影，旅行。
那些渴望變得可以獨佔，不必須與人分享。

一個人要快樂也許困難，但兩個人不一定就比較容易。

在休假的時候去吃自助餐，迴轉壽司。
它們勝過吃到飽的部分是：不會過度揮霍浪費。讓人握有選擇並保持理智，節制地耗損金錢且琳瑯滿目。
由於每一道菜都是獨立的，於是我學會拿自己真正想要，而不是有興趣的都好。

失眠的時候就在街上晃蕩。
安靜的街景使人放鬆。偶有大型玩具呼嘯而過，幾陣救護車鳴響。
也曾慢慢晃進深夜的遊藝場，慢慢地開著賽車。沒有人在後面追趕。持續揍著拳擊機，儘管它已經躺平。

學會自己剪頭髮，不小心剪壞的時候才上髮廊。
寫了字也只想存在電腦，不再尋找與它匹配的圖像。

跟真正愛我的人，保持距離。
因為我沒有他們想要的東西。

想像如果我們還在一起，而那是不可能的。

你已不是從前的你。
我也終於變成別人。

此後

而指環還在盒子裡
在更早之前
你換了新的掌紋

醒來的時候我在德國。
貼著拍立得照片的牆面，字打到一半的筆電。

角落放著大同電鍋。
你頭也不抬問我，晚餐要吃什麼。

吃你。我說。
你沒有笑，繼續查單字。
我起床。窗外是下午，有讓人想走出房間的光線。

現在幾點。
快八點了，好餓喔。

原來白天可以這麼長，是該吃晚飯了。
從櫃子上拿下從亞洲商店買的米，走去流理臺沖洗。

不知不覺，五年多了。我說。
真不知道還能走多久。

是啊，好可怕，感覺像昨天的事。
你笑著。

我夢到我們，分開了。
零星的米水沿著鍋緣墜跌。

你又來了。總是這樣。
但這次是真的。

你走過來，捧著我的臉。說怎麼可能。
這不是好好的嗎。我看著你的眼睛，不敢閉上我的。

不明白真實是什麼。只怕一眨眼，便成此生最可怕的夢。

就一直忍著，睜眼看你，感覺你的手溫熱，貼在耳際。
這不是好好的嗎。我也說著笑著。
河流穿過你的指縫，自手腕滑落。

回臺灣以後，一起去學舞吧。你點點頭。
我們踩著沒有過的腳步，像杯子裡的冰塊般搖晃身體。

已經可以了。

我輕輕把眼睛閉上，醒來。

那時候你沒有待辦事項，沒有人需要道別。
所有的發生都在此時此地，每一次啟程都是投石問路。

沒想到現在，你更知道生活，知道愛人，與被愛的快樂。
你有了想要守護的方寸之地，想要隨著它生滅，隨著它老死。

於是你從容整裝，將自己不那麼瘋的部分穿上。洗鍊地走進人群，問候，
闡釋，談論，沉默。你的笑容那麼逼真，輕鬆得像是天生。

你終於和他們一樣，過著彷彿值得的生活。
無論這一切。是不是你原初渴望的樣子。
你都不會被獨自留下來。

輯三、指月之手

花樣年華

危險的歌，不管聽過幾遍還是危險。電影也一樣。

想起之前寫給《花樣年華》的碎語。
想起她寫字，和他吃麵的樣子。

想起他們互點對方伴侶愛吃的菜，用彼此的習慣重新依賴陌生。
想起他說：我相信自己不會跟他們一樣。
後來卻沒有過得更好。
女人懷了與他無關的孩子，男人繼續打著她挑的領帶。

想起她在排練離別時的眼淚：「我不知道原來會那麼傷心。」

最幸福和最悲傷的時刻都是詩，在那當下你不能寫。
只能等離開了，再好好為他們寫些什麼。

說是如此，然而當你離開了，就會忘的。

至深的悲喜都像夢過。
以為自己變成蝴蝶，醒來卻依然是人類。

遺照

把你安放在我的腳上
慢慢地擦
褪去鵝黃遮邊
你變得更英挺了

大家來看你的時候
都說我們好像，只有她
說才怪
你爸比較帥

你真好
永遠都年輕
她卻為了你
老得比別的女人快
你這幸運的混帳

擦好了
就把照片擺回去
你比想像的乾淨
擦的時候
抹布不用沾水

——〈遺照〉

數年前的舊作。
一個從來沒有慶祝過的節日，想起一個從來沒有喊過的名字。

他在我剛上小學的那天過世。到現在都還記得，自大禮堂被伯母帶回家的情景。
我們都是十一月生。他比我更高，也更瘦。
只有印象他的樣子，但不記得聲音。

我們錯過了童年的天倫，青春期的反叛。
他沒看過我談戀愛的樣子，我也沒看過他擁抱母親的姿態。
我們只是錯過了。沒有人知道事情會變成這樣。

想到有一天，我可能會比他更老。可能有孩子，也可能沒有。
如果他是用另一種方式存在，也許還能看著；如果他不存在了，就像我以為的那樣……
好像也沒有關係。

因為現在，我已經習慣了，沒有他的人生。

Zootopia

自詡為大人後，從《玩具總動員 3》（Toy Story 3）、《腦筋急轉彎》（Inside Out）到《動物方城市》（Zootopia），不知已為動畫片哭紅幾次眼睛。

巧思和創意不說，劇本寓意的深刻，甚至比真實電影更真實的視野。一再讓自己確定，有些故事必須用動畫，或者說，只能用動畫來呈現。看似詼諧，輕鬆，戲謔的娛樂元素，都只是喜劇的保護色，更多是挫敗，無助，生死別離，遺忘，人生的各種殘酷選擇。

一如《玩具總動員 3》（Toy Story 3），說的是玩具，其實是別離之情，也是無常。
曾經深深愛的，陪伴著你，讓你覺得不能一刻沒有的熱情，在某天回頭，發現那些戀愛已不在你知道的地方。明明還像昨天的事情，還緊抓在手上，可是沒有了，就是沒有了。不是捨不捨得的問題，也沒有值不值、要不要的選項，歲月像故障的號誌，亮著永恆的綠光……
知道世界上有一個地方比你更需要它，你應該放手，正如你當初的緊握；你就要讓它走，儘管它是為你而來，從它存在的那一刻起，它也是世界的了。

更淚流不止的是《腦筋急轉彎》（Inside Out）。從大腦內部的房間為出發，記憶在繁星運行的軌道中積累，類比主題樂園的性格繁複與構建。以為成長是不斷向上，築一座生命奇觀，豈知懸崖底下竟是墓園。所有人遺忘的，視之無用而毀棄的，也許是痛苦，也許是喜好改變而轉移的磚石，是樂園亦是墓園的材質。世界在每一天末日，也在每一天新生。
然而最可怕的無非是遺忘，遺忘的本身，抹煞來路與跡痕。如果不曾知道自己擁有，從何而來的失去呢？
你連告別的時候、機會都沒有，只是無知地長大著，任時間幫你做了選擇。

最後是近期的《動物方城市》（Zootopia）。

儘管片中的比喻昭然若揭，依然深深地撼動了自己：一個有大型小型中型微型動物，肉食草食和雜食混居的世界，紊亂亦有序，如人的社會。不斷地刺探人對於罪惡，顯性和隱性的歧視，探問如何在被傷害之後繼續相信，如何泯除心底的猜疑，究竟善良真正的敵人是什麼……
以為可以平靜看完，直到最後，忽然明白些什麼，眼眶還是濕了。

「世界的美好，是因為有人願意相信美好。」

願意相信，與其說是一種天賦，更像是性格能力。一種天真，愚鈍，溫柔卻強悍的特質。
相信會產生信仰。信仰的本質，不就是真心對微渺的可能，效忠並宣示的狀態嗎。

它不是善良，卻有比善良更深遠的包容，破除意義，全面地理解，承受。
一旦你真心相信著什麼，世界會慢慢變成相信的樣子。
這便是《動物方城市》（Zootopia）讓我明白的事情。

草東

我把故鄉給賣了
愛人給騙了
但那挫折和恐懼依舊
殺了它，順便殺了我
拜託你了

——草東沒有派對〈情歌〉

繼萬青之後最喜歡的樂團。
前夜去駁二聽了現場，生平最過癮的live，沒有之一。

之前也聽過各種大型演唱會，但有些著迷只會在小舞臺出現。
比起室外野臺，也更喜愛被包覆的空間。
迴盪的樂音，彷彿巨大的包廂，舞池，密教般的催眠。
樂團能夠以各自的方式與觀眾建立親密，由於靠近，說話的口氣，甩動的身形，罵完髒話的murmur，酒瓶，一覽無遺。

開場先演出的晨曦光廊很好。本來就喜歡後搖，聽到的時候自然地想起了驢子耳朵。
後來的草東就完全不用說了，現場真會讓人瘋狂。

快結尾的時候。他們說，下一首是cover。停頓了一下。
但如果本人有來，好像就不算cover。
音樂是玫瑰色的你，張懸走了出來（覺得她好像更美了為什麼）。

因為〈山海〉而開始注意他們，後來發現幾乎每一首都動聽。

令人想跳舞的〈醜〉，迷幻的〈我先矛盾〉；慵懶又無賴的〈大風吹〉，唱出現代青年無奈的〈爛泥〉；有些歇斯底里的〈頂樓〉，和更歇斯底里的〈情歌〉。

而最最喜歡是〈情歌〉。

可惜，還沒有釋出 MV（也在想這歌要怎麼拍呢）。
有機會聽他們一次現場，你會知道我在說什麼。

母親

去年八月找到的照片。
問了母親也不記得是誰拍的，坐我旁邊的又是誰。

母親很精明，但有時會少根筋。
精明我想跟父親早逝有關，少根筋則是天生。

儘管不用過父親節，家裡也沒有過母親節的習慣。
節日太刻意，推託著說看到適合的就會帶給她。

但母親也不是那麼好打發的。
畢竟是一年一度的日子，能任性也就這一天（和生日）。
就養成了在時間前夕血拚的習慣，事後再由我和老弟買單。
心血來潮才寫張卡片，或者請客吃飯。

母親節，也像是另一種情人節。

關於母親，有個故事不得不說。

小學的時候，一次和她去參加公司出遊（我弟那時年紀還太小，不能出門）。我們去到山裡頭。大人忙著張羅午餐，泡茶聊天，小孩子則在溪邊追逐跑跳。

玩鬧的過程中，我踩滑了腳，下半身跌入水裡，整個人趴住，只靠雙手抱著濕漉的石岸。
驚恐之餘，竟忘了呼救。
一旁的小孩以為我在玩，逕自捧腹笑著。

水流湍急，我感到力氣就快用盡。

不自覺地看了一眼母親，她通靈般地回頭也看見我。
接著我鬆手，落水。
我聽見母親大叫。

淌著綠意，看似親切的小溪，實際上則是連大人都會滅頂的深度。自己下意識地揮動四肢，口中不住灌入溪水。混亂中，一隻手抓住了我……

恢復意識的時候，已經在岸上。
大人用大毛巾包住我，問我覺得怎樣。
而我只是睜大眼睛搜尋著母親，直到看見她也包著大毛巾在旁邊，腳一面在淌血。

他們說：你媽邊叫你名字邊跑，想也不想也跟著衝進溪裡，要不是旁邊的同事看到趕快拉著她，不然你們兩個都會被沖走。

我看著她流血的腳踝，想著原來是這樣弄傷的啊。
一句謝謝也沒說，只是專注地看從傷口滲出來的血水。

後來我們聊到這件事情，只覺得險象環生，當作是人生難得的經驗。一些親戚會開玩笑說，我這條命是被她撿回來的。我也打哈哈說對啦對啦。

但我知道，命不是她「撿」回來的，而是她用命「換」回來的。

母親不會游泳。
那天，我們可能會一起死。只是運氣好沒有。

儘管如此，我到現在還是一句謝謝也沒說。

最近重看這張照片，忽然覺得它應該是父親拍的，而旁邊的人就是母親。
像極了我們現實中的關係。
儘管是在別人看不到的位置，始終在身旁守護著。

今年年初，是她六十歲生日，我和老弟買了盆小花給她。

母親喜歡花。

我在花盆上偷偷寫了〈宣言〉的詩句：
我愛你／直到所有的雨裡都沒有水／直到盆栽裡的火焰／變成金魚。

她收到很開心，卻也露出尷尬的表情，說除了第一句，後面都看不懂。我忍住情緒，淡淡地說，後面不重要。

謝謝妳，當時拉住了我。

母親節快樂。

The Greatest Beauty

前陣子看了《Clouds of Sils Maria》（中譯：星光雲寂）。
Juliette Binoche 與 Kristen Stewart 的對戲自然，親密又疏離。
故事迷人，可以多方對照呼應，玩味細節，但看的過程始終和緩，只偶有冷暖交雜。
原以為電影就要這樣結束，直到最後幾分鐘，女主角和另一位電影導演的對話，在心底餘震不止。

他對瑪麗亞說了：「我在尋找的，是超越時間的美。」
很直接地想到了《絕美之城》。

美好的事物稍縱即逝，去明白與指認是不夠的，必須發願，並親身實踐。就像片中許下神貧願的修女，透過貧窮與飢餓去親近神，透過犧牲為世界祈福。犧牲自我甚至不夠，還必須樂在其中，才能看見事物原初的純粹。

想到傑普最後的獨白，他回到了初戀情人回眸的海岸：「通常事情的結束就是死亡……但首先會有生命。潛藏在這個那個當中，說也說不完，其實都早已在喧譁中落定，寂靜便是情感。愛也是恐懼，絕美的光芒，野性而無常，那些艱辛悲慘和痛苦的人性，都埋在生而為人的困窘之下，說也說不完，其上不過是浮華雲煙。我不在意浮華，所以……這就是小說的開始，最終……這不過是個戲法……對，只是個戲法。」

也許美麗不過是上帝院子裡的曇花，卻讓眾生樂此不疲，前仆後繼。

外 婆

後來就不再說加油了。覺得她為了家人已經努力太多。
當然也沒機會真的說再見。
那一晚牽過她的手，現在想想就算是握別。

你想應該沒有人喜歡告別式。
理由不是因為悲傷，而是濫情，當然就比喜宴更令你尷尬。
集體致哀的目的是什麼呢？是否不透過儀式死亡就沒有重量……

所有的人都對著照片在致意，小部分的人一直站著答禮。
有人負責哭；有人負責不哭。司儀熟練地對她說話，也叫她媽媽，像曾一起生活。
大家緊緊地把死亡披在身上，深怕別人沒有察覺自己的哀痛。

你不想去安慰，更不想被安慰。

只好等著，消耗時間也被時間消耗。
你喜歡用自己的方式想她。

法事結束，你們一起把骨灰送到她決定長住的地方。
親戚們各自回家，你和母親亦然。
她沖完澡，準備去洗頭，理髮，出門前把便當盒放進電鍋。
你等等也要出門做一樣的事。

浴室裡，洗手臺的罐子還放著假牙。
一旁是母親為她安裝的靜音馬桶。

想到某一個下午，你們把她常看的《地藏菩薩本願經》也燒去。乾燥的地方燒得快，上膠的地方燒得慢，你看著，發現經書的味道和紙錢不一樣。
她真收得到嗎？她還需要嗎？想問又不知道要問誰。

洗完澡，你呆坐在客廳，邊等頭髮乾，邊從電鍋拿出便當。
看看時間差不多，就走到她的房門前。

「吃飯了。」
用笨拙的臺語，對空盪的房間喊著。
一次，又一次。

你終於明白她再不會從房間出來。

年夜飯

兩個人的年夜飯。兩菜一鍋。

小小的砂鍋，青菜，花枝，豬肉丸子。
邊吃邊看電視，也沒説話。
吃剩了，她就要收起來，我説晚點會當消夜吃完，她放下來。

早上去菜市場買的紫百合，絲綢般的開在書櫃旁。
沒問過她為什麼喜歡明豔的花。喜歡會有原因嗎？

口袋裡的稿費，平安地覆在紅色信封裡。
晚點還要倒垃圾。
這裡收拾那裡收拾，攢了一小包就放在陽臺。

每一天都像同一天。我説。

竟在洗碗的時候自言自語了起來。

不拜年，也不守歲。好像少了什麼。
但安安靜靜很好。

重要的人不用多，有就夠了。
我所羨慕的生活。

曾幾何時，我已身在其中。

萬青

撕開夜幕
和暗啞的平原
越過淡季，森林和電
牽引我們黑暗的心
在願望的最後一個季節
解散清晨
還有黃昏

——萬能青年旅店〈揪心的玩笑和漫長的白日夢〉

十月底，在臺東鐵花村聽了萬青的現場。
那是旅途中唯一一次接觸人群。

在〈秦皇島〉之前之後，都沒有聽過他們的歌。
秦皇島是非常喜歡的，前所未見的小號配置，爆發又帶有詩意的歌詞。
打算要去現場，也就把一切都留到現場。

當晚下著小雨。村長開完場，董二千唱起：
悲傷的人啊，和你們一樣，我只是被灌醉的小丑……
氣氛慢慢醞釀。我和朋友決定離開座位，向前至搖滾區站著。
電燈熄滅，物換星移，泥牛入海。
黑暗如巨石在胸口碎裂，結尾的獨奏讓全場瘋狂。

然後，秦皇島。
小號出現的時候，神經炸裂。
原先預想這首會不會是壓軸，不確定有更適合的選擇。
既然出現了，也只好驕傲地滅亡。

萬青繼續唱，大夢一場的董二千先生。
敵視現實，虛構遠方。
前已無通路，後不見歸途。
是什麼樣的經歷才能寫出這些歌？

浩浩蕩蕩，來到最後。
薩克斯風說，殺死那個石家莊人。

平靜的主歌，耳語般的低喃。
為什麼妻子在澳洲？算了管他的。
用一張假鈔，買一把假槍，保衛她的生活，直到大廈崩塌。

當時不知道大廈崩塌的背後，有一個故事。
歌詞中那一萬匹脫韁的馬，也是真的。
只是聽樂音不斷地堆疊，聽他反覆唱著，如此生活三十年……

忘了幾時，把眼睛閉上了。
器樂直逼內心的鳴響，彷彿群舞的眾人，身心都在顫抖。

而雨依然下著。

這是最好的壓軸。
慶幸自己最後還是來了，死而無憾的感覺。

雲層深處的黑暗啊。
淹沒心底的景觀。

弟弟

中秋節的前一天，莫蘭蒂來到。

我弟傳了訊息問我高雄如何。
我說，你可以不用回來了。

前一天沒特別在窗溝塞抹布，早上起來牆壁都像哭過。
寢室，客房，廚房持續滲水。
強風吹斷了頂樓的水管，於是家裡無水可用。

我說，你真的可以不用回來。
他只說：我洗完澡再搭車。

擦拭房間的時候，順便整理了櫥櫃。
意外翻到這張照片。

照片裡他空著手，皺著眉頭。
因為大人惡作劇地拿走了他的玩具，想拍他哭鬧的樣子。

但他卻只是皺著眉，一滴眼淚也沒掉。

我的弟弟，名字叫保安。
處女座的他，從小就跟我個性不合。

小時候，我是愛哭鬼，卻以欺負他為樂。
從前我吃飯習慣先吃好吃的，他習慣把好吃的留最後。而我們愛吃的都差不多。
我常常偷吃他的雞腿，害他大哭。
雖然大人事後會打罵我，但喚不回失去的雞腿。

後來，他便養成了新的習慣：每次與我吃飯前，先將雞腿舔過一遍……

即便不挑如我，再無法動其分毫。

中秋連假前，老弟早說好了要南下。

老媽前兩天便出國去了，家裡剩下我。
當時我聽到他要回來，也只說好，很久沒一起打電動了。
沒想到颱風，災情慘烈。

他下了班，回家整理完東西，才從臺北搭客運下來。
到家的時候幾乎快十一點。

我狼狽地提著剩下半桶多的水，跟他說這是目前除了飲用水之外，所有能用的。
他點點頭，帶我一起出門裝水。回來之後，又說他後天還要上班，所以明晚就要回去。

我苦笑著問：你到底回來幹嘛？

就是看看。
他若無其事地回答。

我弟因為名字的關係，很容易被拿來玩笑。
不只是同儕，連長輩也喜歡。

他從國中開始便擔任糾察隊，高中也是。

每當班上同學吵鬧的時候，老師就會沒眼地說那一句：
保安，把他們通通帶走。

後來他真的保送警大。
家裡一時沸沸揚揚。

有些家人覺得他可以考上更好的學校。而他為了確認自己的能耐也報了聯考。

結果出來，是交大。
家人喜出望外，說好險有拚聯考。

他只沉沉地說：可是，我想當警察。

想起幾年前的一次對話。

在他就讀警大期間，我也考上了花蓮的文學創作所。

某個週末，他來找我玩。
我帶他去自己喜歡的海邊，跟他說最近看的書，所上的趣事，也聽他分享。

當時我剛上研所，對創作有著許多憧憬與渴望。
我邊喝啤酒，邊聊自己對詩的想像。
跟他說，我喜歡的作家幾乎都死了。如果可以我也想像他們一樣。

聊到忘我的時候，我不經意地說到，自己也想看看那些特別的風景，不只是瀕死。
還有其他種種的可能，即便需要透過藥物，或毒品，即便會去傷害別人……

然後他收起了笑容。
我才想到，眼前的這個人，已不再只是熟悉的親人，而是未來的執法者。

我尷尬地聳聳肩，說自己只是說說的。

他依然看著海面，一會兒才慢慢地說：我知道，你不是說說的。
我一直都覺得，在家族裡，最危險的人就是你。
也做好了心理準備，以後如果真在值勤的時候遇見，我不會猶豫。

我看著他堅定的眼睛，喝乾手中的啤酒。
耳邊彷彿聽見某個奇異的聲音：他是被這個世界，深深需要的人。

突然明白，這就是所謂的天職吧。
一個人走在完全屬於他的路上，的樣子。

我開了另一瓶酒，笑著說對，你不要猶豫。

對話就停在這裡。

颱風來的那天，是我弟生日。
沒想到有這麼一天，我們都來到而立之年。

他會回來看看，是擔心我吧。

那個不哭的小孩，從不說好聽話的傢伙。
我的兄弟。

祝你生日快樂。

年少時代

看完了《Boyhood》（中譯：年少時代）。
覺得是與《Interstellar》（中譯：星際效應）並列今年最喜愛的兩部電影。

導演兼編劇的 Richard Linklater，繼《Before Sunrise》（中譯：愛在黎明破曉時）系列後，又一神作。
花了十二年，用同一群演員，從童年拍到上大學。
他不用固有的劇本方式來創作，而是概念式地隨著成長，邊拍邊剪，直到一百四十四個月過去了，他們才在完成電影的過程中，找到真正的故事。

我喜歡他的開頭：母親像撿到河上漂來的桃子般，把看著天空發呆的男孩從草地上喚起來，然後男孩開始說他知道虎頭蜂是怎麼誕生的……

我也喜歡他的結尾，當女孩說：不是我們把握當下，而是當下把握住我們。
那時候，我知道畫面要轉黑了。

看完電影最大的衝擊，是釐清了許多長久以來的困惑。和《Interstellar》恰好可對比。
《Interstellar》說的是生命，強烈，充滿混沌，使命性的；是超越，再超越，是教人走去未來，創造未來。
而《Boyhood》說的是生活，微渺，清晰，當下性的瑣碎，又繁雜；生活是不偉大的，這就是最美妙的地方。

這兩個面向反覆在我們的人生中詰問。
你不能用過生活的方式去成就生命，也無法用成就生命的態度來過生活。
前者會讓你故步自封，後者則可能讓你體無完膚。

Carol

At a distance you only see my light,
Come closer and know that I am you.

———魯米（神祕主義詩人）

記憶一直停在電影最後的眼神。
她遠遠看著她許久，緩慢走近，鏡頭酩酊擺盪，像忐忑的靈魂，求助於它的另一半。

故事是女孩一直愛著，但不知道自己愛什麼。
她始終等著一個人，但等得太久，也忘了自己在等什麼。
直到她出現。女孩不再提問了。

人在愛之前是完全無能的。
如果你以為自己還擁有什麼，也只是暫時。

愛是真的，會讓你完全給出去的。
徹底失去自己。

沒有了問題，就不需要答案。

菸

夜鳥沉默地飛著，再也沒有家了，再也沒有小小燈樣的眼睛看你。它什麼也碰不到。什麼都在無聲地過去，還沒有掉在藍色的天空裡。天已經很暗了，還可以再暗下去。

——顧城《英兒》

漫天雪訊使人想起異國。想起那些有松鼠奔跳的枝幹，無意間經過鹿的眼神。

就放下書本，走到陽臺點菸。
空氣的冷冽加速了紙捲燃燒，一邊呼吸，一邊感覺壽命縮減。

偶爾想抽菸的心情，不好不壞，卻獨一無二。
菸灰像髒了的雪，逸散，破敗；菸味是壞掉的雨，乾澀，暈眩。

獨自抽菸的時候，總會想起他筆下的夜鳥。
擁有短暫飛翔的自由，飛累了就要發瘋，吃沙灘上的碎貝。

Eternal Sunshine of the Spotless Mind

失眠的早晨。

開了檯燈，走出房門，落地窗外的灰白城市，彷彿生病的孔雀。
終於有了零星的，冬天的感覺。

持續不睡的身體像淋過雨。
謎樣沉重的，感情的泛潮。
忽然想起《王牌冤家》裡的那句“Meet me in Montauk”

剛好幾天前重看。再次被打擊，是因為重新意識到一切都是男主角的夢。
特別是最後：在其實沒有回去的房間，和她道別。
儘管留下了也改變不了結果，卻因為這句話，夢想般的暗示，讓他醒來，一無所求地前往相遇亦是離別的海。

記憶的消除理應是全面的，
不只是人的記憶，也有事，與物的記憶。
沒有一起經驗的風景，沒有一起的經驗，沒有一起過。

雖然最後才明白，比忘記更重要的是珍惜，比記得更重要的是存續。曾經擁有很美，可是跟愛無關。
放下一切地去承接彼此，才可能有結果。但似乎太遲了。

Meet me in Montauk. 原來是他對自己說的。
一個最重要的地方，雖然失去了更重要的人。
畢竟還是愛著，還是想做些什麼，必須做些什麼。

於是再次接近那個曾毀滅你，而你也曾經想毀滅的所在。

Meet me in Montauk.
不只是終結夢境的鑰匙，也用來重啟故事。
讓人不放棄死心，讓悲劇有了溫柔的可能。

多美好的催眠。
Meet me in Montauk.

儘管你知道現實中，那裡不會有人。

單身動物園

你改變不了山的輪廓
改變不了一隻鳥飛翔的軌跡
改變不了河水流淌的速度
不如靜靜看著，感覺美
就夠了

——克里希那穆提《關係的真諦》

看完電影之後，一直沒有回來。
不是因為那些荒謬的設定，極端的價值觀，為了生存而突變的感情。是它問了一個更簡單，卻椎心刺骨的問題。

你能退到哪裡？
照顧他一輩子，跟把眼睛送給他，是完全不同的兩件事情。
而陪他一起盲，則是第三件。

其實不需要吧，一定有更好的辦法，事情不應該變成這樣，做了究竟值不值得……
千百個念頭過去，刀子還在手上。

你其實知道答案的。
只是你還需要多一點點的時間，幾乎是永遠。

真正的抉擇。
活在一個無光的世界，但有他，或選擇光。失去他。

徬徨於無地

想為我們的戲說些什麼，又似乎不行。
我想是因為還沒脫離。

會說也許，那是我至今到過最遠的悲傷。

像夢裡，轉開電視，黑白螢幕正播著你最愛的電影。
但你聽不見聲音。所有的對白都已經離開。

為此，你必須重新去想像、詮釋你曾深愛過的事物。
你渴望將意義再次填滿。
憑著記憶，你逐字逐句地背出，透過自己的聲音讓詞語復活。
於是每句話都像為了你而來。

「我想把世界蓋起來，但世界卻沒有消失……」

「我想被無邊際包圍，我想漂浮在那巨大之上。我想去體驗。」
「我從來不覺得自己重要，因為我是自己，也是世界的一部分。」

帶著各自的遺憾，去成為彼此的救贖。

你的名字

想像一種病是這樣的
瘋狂地想念某個
完全陌生的人
有生之年
只見過他一次

幾年前寫下的段落，意外成為電影的註腳。

只有在夢裡才會記得，夢裡發生的事情。
因為醒來，也是另一場夢。就像蝴蝶說的。

其實我們都知道的。
只是過了橋，喝了湯，全忘了。

她曾說過，所有的相遇都是久別重逢。
如果有生之年，一直沒有相遇呢？

也許自久遠之前，我們就活過這個世界。
只是未曾找到彼此的名字。

掙扎

神的每一天
都在鏡子前說服自己
要愛世人

也許是太敏感脆弱。
不明白的事情有太多，有些直到現在，似乎才能化成文字。

房思琪至今仍沒讀完，過程中斷斷續續地做惡夢。
像走進只播拉斯．馮．提爾的戲院，無法直視的《厄夜變奏曲》。

聽聞死訊之後，又整整失眠了一個禮拜。幾乎每天夢見書中情節。夢裡，你有時是追獵者，有時是獵物。有時泣不成聲，有時得意忘形。

每一次醒來都異常平靜，像死後復生。只是死沒死透，活也沒活成。
慢慢想起一些過去的事情。

你想起自己，曾是個小偷。

小偷不是隱喻。

少年時，因為對性的好奇與渴望，在商店順手牽羊了色情光碟。
你未成年，但不是沒零用錢，只是無法忍受自以為是的羞恥，無法想像店員若突然朗聲說，你不能買，多丟臉。
於是你偷。直到一天被人贓俱獲。

店員願意給你機會，讓你叫家人來贖回。
你卻推託家人很忙，請他不要告訴家裡。
他說他沒報警已經對你不錯。

後來你終於打給母親，話筒的那頭一直聽見：你怎麼會做出這種事。你怎麼會做出這種事。你怎麼會做出這種事。

你想叫她閉嘴：我比妳更想知道。

剛剛在飯桌上，思琪用麵包塗奶油的口氣對媽媽說：「我們的家教好像什麼都有，就是沒有性教育。」媽媽詫異地看著她，回答：「什麼性教育？性教育是給那些需要性的人。所謂教育不就是這樣嗎？」思琪一時間明白了，在這個故事中父母將永遠缺席，他們曠課了，卻自以為是還沒開學。

—節自《房思琪的初戀樂園》

沒有人告訴你關於性的事，單親的你亦不可能跟母親討論。

你憶起第一次看色情片的刺激，但更難忘的是第一次看到強暴片。素人女子的涕淚俱下，你也跟著淚流滿面，感覺太可怕了，怎會有人想看這樣的東西。

沒想到更可怕的是，隨著悲傷而高漲的性慾。
自己竟在觀看過程中，得到前所未有的快感。

你困惑了，不明白這肉身是怎麼，性又是怎麼。
直至成年才明白。那是一頭久餓的魔性之獸，養在充血的河畔，肉汁橫流的森林。隨時都可能要張口進食。

母親來到店裡帶走你。問你幹嘛不用買的。
你說因為不好意思。
她說用偷的不會比較好意思。你沉默。

叛逆期的你，只懊惱自己倒楣被逮，沒想過偷有什麼不對。

然後她說好奇是很正常的。
等你有天有了伴侶，會知道過程不是影片裡的那些回事。

許久之後，你終於有了伴侶，卻對性與肢體接觸，始終抱持恐懼。
認為那是逞一己之慾，但使別人痛苦之物。

絆絆磕磕了好一段，才學會與獸相處。
亦是從此明白那附魔時的痛苦，是能夠如何使男人喪失理智，任其役使。

小說裡的李國華，收藏狂般的網羅年幼女孩的處子。
其中的病態扭曲，此刻你也不覺得有任何異常了。

無論他有沒有以文字作為陷阱，本質都是一樣的。

不能感人所苦，是最悲哀的人。
一如所有的自欺欺人者。

就算是既得利益者，也是最最可憐的人。
那慘烈能與房思琪分庭抗禮。

困在自我慾望的迴圈，終日征討的修羅。
創傷工廠的製造商，本身也是苦主。

苦於無明。

你想到了鄭捷，奉俊昊的《非常母親》，和少年 A 的《絕歌》。
在落實社會公義的同時，是否也停下來想想，是什麼讓一個人行至如此呢。

他們說這些人是畜生，是禽獸，是敗類，該死。
你覺得自己某種程度上也是，小偷，變態，喪心病狂。

但這都是人的其中一種面向呀。

有的人運氣好，在相對善意的環境；有的人運氣差，未曾被好好對待。如果慾望可以被理解，被坦承，如果能相互包容，緩解。
也許就可以撕下妖魔化的標籤，也許沒有什麼是純粹邪惡的代言。

現在他們叫你詩人，作家，老師。
這些又算什麼呢。你真的配嗎？

沒有那些過去，不會是現在的自己。
倘若當時店員報警，你留下前科，人生卻可能徹底分歧。

當然，你也希望今後，不要再出現房思琪。
但更貪心地希望，世上不要再有李國華。

原罪犯

無論是砂礫或岩石，在水中一樣會下沉。

——朴贊郁《原罪犯》

昨晚開電視，意外又重看了一次，發現有些部分是直到這回才看進去。關於復仇，從行動開啟的那一刻就讓人遁入無間地獄。帶著恨意行走的人生，把影子當成主體的錯位。

將全部的計量、數算都傾盡，為了一償宿願，犧牲了他人的幸福與自由只是片面而已，若無其事地剝奪生命也不算什麼。
作為故事是極為驚異且美麗，但缺乏辨省能力的人看了也許會誤走歧途。

想到另一句反覆出現的對白：你歡笑，全世界與你一起；你哭泣，只有你獨自哭泣。
脱棄負疚與成全因果，都是在人世的修業。
而朴贊郁的復仇，説的畢竟是原諒吧。

原諒時間的原性，原諒人事的累積；原諒自己的愚駑，原諒世界的無意。施罪者與復仇人都是石頭，最後都將在時間中下沉。

死刑雜想（上）

狂熱之徒，是人所收買不了的：
如果說為了一種觀念，他可以殺人，那他同樣也可以為了這種觀念而被殺；這兩種情況下，無論他是暴君還是烈士，都是一個魔鬼。

——〈狂熱之譜系〉，蕭沆《解體概要》

在看到那些激烈的面對死刑的發言後，心中也浮現了殺人的慾望。
稍作冷靜之餘，才想起了這段話。

覺得最難的是，讓所有人都明白，壞人也是人。或者，曾是我們定義中的人。
也許是天生，也許是後來，光有可見和不可見，黑暗何嘗沒有它的漸層？

種種我們未必明白的原因，讓他成了現在的樣子。
沒有人希望悲劇發生，但以殺止殺，會有結果嗎？
反映的是正義，恐懼，還是恨意？

我在想，我們在這人生中真正害怕的，不是恐怖本身。
恐怖的確在那裡……它以各種形式出現，有時候壓倒我們的存在。
但最可怕的是，背對著那恐怖，閉起眼睛。
由於這樣，結果我們把自己內心最重要的東西，讓渡給了什麼。

——村上春樹《萊辛頓的幽靈》

我們現在仍活著，還可以自由呼吸，沒有去傷害別人，可能只是因為我們身在較好的環境（無論內部或外部）。如果有一種人，他是真的，必須非常努力才能夠不去殺人。這種人值不值得社會拯救？如果答案是肯定。那麼，另一種人，覺得生命沒有價值，別人可以死，自己不活也沒關係，本質上會不會更需要被拯救……

最近看著新聞，常覺得他們就像自己。
只是因為運氣，我不曾經歷他們的人生，活到現在，慢慢也找到方法面對生命的裂痕。

或許，當我們思考著如何對待罪犯，也就是思考著如何安置我們的內心。
與其問「想要活在怎樣的世界？」不如問：想要「怎樣地」活在這個世界。

一味地向光，完全摒除事物的陰影。
或者儘管痛苦，試著理解，善待。
留著光，也收納黑暗。

死刑雜想（下）

我們常有一個想法，以為可以用贖罪來挽回事情，這是不可能的，人要面對他的罪過，就是這樣：罪過是不可挽回，也不能補償。但從罪過獲得的力量可使人創造偉大和善良的事情，會促成和解，但是罪並沒有因此消除。人如果可以面對他的罪，他所獲得的要比他得到的寬恕或所做的補償來得更多。

——海寧格《愛的序位》

一覺醒來，想起了海寧格的這段文字。
打開臉書，發生了意外有趣的對話。

「如果今天死的是你的親人，還能這麼平靜面對嗎？」
「……如果今天殺人的，是你的親人呢？」
「我會跟他斷絕關係，寧願從來不認識他。」
「……你讓我想起會對小孩說『當初沒把你生下來就好了』的那種父母。」

我們的對話就到這裡結束。
後來，就看到了晚上即將執行死刑的消息。

要走的路還很長，先到此為止吧。

傳心

看完了《Arrival》（中譯：異星入境），懷疑自己今年不會看到更喜歡的電影。

Max Richter 的配樂，詩意的氛圍，動人的劇本。
看完像做了一場美夢，卻能讓人甘心回到現實，不會捨不得醒來。

喜歡電影的每一個閃回。
喜歡她說，他們看待時間的方式，和我們不同。

喜歡她鉅細靡遺地，用語言解釋語言；喜歡她毫不猶豫，脫下裝備，迎向未知的一切。

看的過程中，也時時想到禪宗。
想到世尊的拈花微笑，以心傳心。

是有一種真正的聽，能夠使世界屏息。
有一種懂得，能夠超越語言，不被誤解，但必須用全部的身心去承接。

如果未來只是待發事項的應驗，生活還有什麼值得經歷的嗎？
曾經也用同樣的問題問過自己，卻是直到這一兩年才有辦法回答。

不要去迴避苦難，他們和喜樂一樣值得被經驗。
是他們讓人更懂得珍惜每一次，當下的幸運。

在這一世的宇宙中，知道或蒙蔽未來的境遇，結果也都是一樣的。

反正到最後，我們都不會留下。
不如就把自己準備好。不疾不徐地，陪他們走一回。

Dixit

中秋節，和高中死黨們烤完肉。
玩起桌遊的時候，突然想到 Dixit。

它是我第一次玩的桌遊，也是我最喜歡的桌遊。
最早是在研究所的時候，由學長姊們帶著一起。

Dixit，網路上有諸多譯名：說書人，妙不可言，隻字片語……
而這個字在拉丁文的意思是「說」。
遊戲也恰如其名：你必須為手上的牌卡說話，引起其他人的共鳴。
覺得它最美妙的部分是，如何把故事說得剛好。不透漏太多牌卡的資訊，也不能給的太少，因為過度的直白和隱藏都無法獲得分數。

和不同的人玩有不同的樂趣，每次玩也都會對牌卡有新的感受。
而印象最深有兩次。

一次是研究所時，當初介紹我來念創作的學姊要畢業了。
大學的時候她小我一屆，只是我當完兵又工作了一年才讀研所，於是才變成學弟。幾個所上的朋友約好一起替她送行，就約在某個人的家裡吃吃喝喝玩 Dixit。

不知道是不是因為我們都喝了酒，或者是因為他們都是念創作的人。玩到後來，牌卡的題目越出越詩意。

記得有人出了一題：「世界末日下的雪。」
沒有一張牌裡有出現雪，最後也沒有人猜對。
我們爭論很久，說書人和聽者都有其擁護的理由。

喧鬧中，有個人蓋了牌，說：「然後就長大了。」

忘了說書人是誰，只記得我們各自看著自己的手牌，眼淚盈眶地笑了……

我拍拍學姊的肩，忽然對她說：真的都是因為你呢。
她停頓了一下，似乎也明白了什麼，笑笑說，不客氣。
可我仍無法抑止地重複地說著。

是因為她的分享，於是我才知道，並有機會來到花蓮。
才能明白那麼多我從未想像過的事情。

也許只是普通朋友般的幫助，但卻真正改變了我的生命。

另一次，是和之前一起排戲的朋友。
俞萱、博允、芳一和念初，我們在某個小小的公園草地，忽然玩起來。

玩的時候，現實和回憶漸漸交錯著。也許是因為某種相似體驗的再現——研究所的朋友，和眼前的他們，對我而言都是很特別的人，常覺得此生再難遇見。不知累積了多久的幸運，此時此刻，我才在這裡，和他們一起。

恍惚中，我默默出了第一張牌，一個字都沒說。
其他人看著我，等我說點什麼，等著等著才發現我的不說早已言盡。

永遠都記得那張手牌。完全是當時的心情，我當下感受到的命運。
最後大家都沒猜到，除了博允。

之後我們繼續。
出牌，擾敵，不斷用自己的意義去嘗試說服彼此。

換俞萱的時候，她覆蓋了一張手牌，緩緩說了：「全部。」

我深深吸了一口氣，看著眼前的這個女人。
畫面疊合送別的當晚，讓語言沉沒的那題。

想到當初我是怎麼在網誌上遇見她，怎麼一次又一次，被她帶來的事物給影響；怎麼一次又一次，看她去影響更多陌生的人。

似乎已經無法像過去，那樣若無其事地讓話語出口。
也許就說在這裡。

真的，都是因為你呢。

三餘

九月要離開書店了。
排班就到八月，為了之後的創作必須離開高雄一陣子。

自去年來到三餘，轉瞬也一年多。
當初會接觸書店，契機也是因為寄賣詩集。
說是因緣際會，其實並不純粹如此。

原先預定是要去別的地方上班，但私心更喜歡書店，還是和店長約了面談。
當時，印象很深尚樺問我：你覺得自己是會寫詩的吧檯，還是喜歡咖啡的詩人。
我說我不知道。

說完，原先的掙扎突然消失殆盡。

只覺得想跟眼前的這個人一起，做些我從沒試過，或礙於能力遲遲無法完成的事情。

之後進入三餘，開始慢慢建立我們理想中的書店，和咖啡館的樣貌。雖然不確定完成了多少，但這些日子的磨練，讓自己想得更多，也更知道些生活的事。

如果再讓我回答一次當時的問題，我想我可以更確定地說：
我不知道。

人只是自己，不該被侷限，也無法被定義。

我喜歡咖啡館。

喜歡戴著耳機，默默地觀察周圍的人。
聚首的人，做事的人；等待的人，爭論的人。

看著他們的時候，「我」變得不再重要。

在咖啡館工作後，便不再流連咖啡館。
觀察人的習慣變得洗鍊，不再只是因為喜好，更多是為了感覺顏色。每個人的動作，神情舉止總會透漏什麼：孤獨也有開放或閉鎖，攜伴也有曖昧和清晰。

我喜歡想像客人的個性，猜測他們的星座血型。
好奇他們真正渴望的事物，除了消費、享受之外，將自己置入此刻的狀態是什麼。

曾有一位來過書店的朋友說，三餘像一個巨大的水族館：
每個樓層都是不同的流域，各自棲息著不同的水獸。

我愛極他的說法，始終記在心底。

後來也時常想像同事和客人。
誰適合鹹水或淡水，誰活在淺灘誰是深海。

這段時間認識了許多人。
有一起工作的夥伴，來書店的客人，也有因為辦活動而結識的朋友。

想說說我的夥伴。
在我眼中他們不只是老闆、合夥人、同事。

他們，是一群最聰明的傻子。

傻是因為選擇開書店；聰明則是因為他們總是能推陳出新，不斷地激盪、衍生出不同的方式來維持書店的生計。

很高興能夠遇見他們。
沒有他們的努力，也許就不會有這麼多美好的事情發生。

特別是店長尚樺。難為他處理店務之餘仍要擔待我的任性。
還有我親愛的同事們，不時要承接我的情緒。

是與你們的回憶，使我對人世更有眷戀。

感謝這些日子以來的陪伴。

沉下去。

走路的時候你想，等待號誌的時候你想；下雨的天你想，晴朗的天你想。
這就是城市現在於你的意義。
每一步都陷得更進去，卻不生根。

從大樓看出去是更多的大樓。為了看更遠，你必須住得比別人高。
高過你的頭頂，越過所有的眼睛。
可是再遠，也看不到海。

你問自己為什麼繼續。

為了在不同的街角轉身，為了跟熟悉的人回到家裡。
地心引力來自這星球質量最大的事物，也就是星球本身。
那麼命運呢？

也許來自宇宙。
會爆炸或化成黑洞，都沒關係了。

你不過是想看海而已。

輯四、海的房間

小鎮

夢見過去的人，熟悉的小鎮。

我騎著腳踏車去修手錶，鄉路蜿蜒，幾次起伏跌宕才到達。

在路邊看見他們一同玩耍，像孩子一樣，穿著陳舊的衣物，樣子是他們離開的年紀。
他們也看見我，停下手邊的跳繩，似乎在邀請。

我說，現在還不行。

修好了錶，換了腳踏車回家（原本的腳踏車去哪了呢？）
路不是原來的路，但家仍在同樣的地方。

發現他們已在門口等我。開懷地笑著。

現在，還不行。
我搖搖頭，也笑了。
手錶依然停在修好之前的時間。

再等等吧。

總有一天我會去，陪你們玩。

折磨

能被愛很好
能被愛的人恨
也很好

許久前她問我，愛的反面是什麼？

當時直覺是恨，是懊悔。
如今再想，發現它們也是愛的某種面向，只是表述的方式不同。

於是痛苦、嫉妒、悲憤、怨懟……種種負面的情愫都必須刪除。
因為它們皆出於情感，而情感本身自愛而來。

慢慢覺得是「不愛」。但不愛的本質又是什麼？

不再給予，不再感覺；不再承受，也不再回應。
原來，不愛是終極的拒絕。

拒絕所有經過，所有指向和往返。
拒絕去生長，也拒絕消亡。
徹底地遺棄知覺的可能。

「愛的反面，是虛無。」

都過這麼久了。

終於對著眼前的黑夜，說出答案。

耽溺

有時候我只想跳舞。
在關了燈的房間，戴著耳機，慢慢揉碎身體。

這時我不再讓誰來敲門。
於是才願意，能夠想起離開的人。

墜落的時候，深深地呼吸，感覺空氣的進入與抽離。

耽溺本身就是癮。
完全沉浸的時刻，忘卻生活的光怪陸離。
不再需索佯裝的理解，不再拼湊破碎的情緒。

一會

一期一會，本意是一生中僅有一次的交會。
是要人活在現下，活在每一個瞬間。

因為生活是火焰，看似凡定，卻是不斷死而復生的輪迴。
每一刻，都在傾覆從前。

只是過去從不死滅。
過去化成記憶在心底置納，堆疊。
焰火融下的燭蠟，構成了我們的美夢，與噩夢。

有的人相信時間，相信歲月的積累。
相信所有棄而不用的物件；相信存在，甚至是覆於存在之上的灰塵。
可我不相信。

我相信火焰本身。
相信那核心，藍色的蕊。
那是所有的原點，生命的本質，儘管無比危脆。

一期一會，就是生命純粹的瞬間。

是承載了畢生於一事一物的極致絕對。
不是你愛上的那個人，而是在愛之前的那個眼神，那句珍重的話，那個特別的笑臉。
不是你信的神，而是在信之前的那陣絕望，即將消失前的顫抖。
是你自永夜降臨後的第一道曙光。

在那瞬間，火焰熄滅了。

而你看見蠟燭，一直好好地在那裡。
等你重新點燃。

心理測驗

在池上的某一條小徑，她說了一個心理測驗。

如果現在，你要去遠方，你身邊有五隻動物。
你必須在途中一一拋下牠們。你的順序是什麼？動物分別是：猴子，馬，豬，獅子，羊。

我邊想邊說。猴子，豬，羊。
獅子和馬，猶豫了很久。
最後，我放棄了獅子。

她說牠們分別代表著一些事物，拋棄的順序也就是你在乎的程度。
猴子是名聲；豬是財富；羊是家庭。
然後她停頓了一下。獅子是權力，馬是自由。

我笑著，跟她說我知道為什麼自己會猶豫這麼久。
對我而言，權力就是隨時能夠決定自己在任何位置的去留。

真正的權力，就是自由。

還俗

把墜落還給懸崖
讓失足的人
懂得後悔
把岸還給海
在山脈融化之前
把夢還給日月

在高雄的最後一個禮拜。
陸續和人們約會，吃飯。
想再多看這個城市幾眼，然後試著忘掉。

念初說我出去這一趟，是鑄劍，像干將莫邪的投身。
我笑著說太誇張，心裡卻忽然想到哪吒。

哪吒是靈珠子轉世，他的母親懷了三年又六個月的身孕才生下他。
在一次意外中，誤殺龍王之子。
因為不想讓家人為難，於是割肉還母、剔骨還父，當場自戕。
九死一生之餘被救起，以蓮的花藕重塑肉身，爾後才列入仙班。

喜愛這故事的意象，幾乎是典型，孩子的英雄旅程。

人是世界的孩子，父母只是媒介。
儘管血肉來自他們，但靈魂不然。
必須在成長的過程中蛻變，最終離開雙親的襁褓，獨自踏上生命的旅途。割肉剔骨是為了償還恩情，也是為了迎接真正的身體。

我在寫字的時候，常會想到海，陽光和雨水。
可活在城市的日子，卻一直離他們遙遠。

這趟遠門，除了海，也想要看看天的空，和光的暈。
想看沒有星星的公路，和只有月光的山谷。感受風的吹拂，看雲降落，變成霧。
想要專心，好好地，淋一場雨。

想要重新想起自己，也是世界的孩子。
找到自己的蓮花。

然後，再活一次。

出走

這是海的第一天。

你跟著樹群，收起枝枒，慢慢離開山的身體。

過去你不害怕黑夜，是因為等待，總能迎來白晝。
可再沒有了。人聲，露水，無用的花朵。

海說，留下來。但你還沒想過餘生。
這裡可以眺望陸地的光，安靜的星星。

你擦掉自己最後的腳印。

海的房間

01.

現在你離文明多遠？
能不能，離過去更遠。

以為自己不是怕黑的人，走下海岸的時候卻猶豫了。

遠方，聚落微弱的光，嘲笑地亮著。
隱約有音樂傳來。

跟隨潮水來到了這裡，海依然只有輪廓。

曾相信世上沒有自己不能到的地方，沒有不敢看的風景。
完全無光的時刻，卻只能逼視恐懼。

原來是這麼渴光的，原來。
可悲的城市物種。

持續在黑暗中掙扎，祈禱偶爾有車子經過，施捨一線黎明。
究竟要多久才會習慣夜的肉身，抑或是只能在光束劃過海岸時覺得安心。此時此際，孤獨是你僅有的行李。

02.

天亮約莫六點。
帳棚透進晨光，將你喚醒。

第一次在海邊醒來，而不是因為徹夜守著日出。
濕氣漸褪，陽光消融棚上的水珠，海風溫暖了起來。
這是最完美的早晨。光線和鏡面般的海，讓眼前世界如碧石般閃亮。身體充滿了力氣，足夠讓你前往任何一種遠方。

而你閉上眼，只感覺今天。
要往山裡，還是繼續向海靠近。

你忘了昨晚的際遇。
忘了夜裡那個吞去所有知覺的黑洞，正是眼前的汪洋。

你忘了白天海給你的，晚上都會要回去。

03.

竟還是選擇海了。
對自己説這不正是此行的目的。

你走在海岸上，心底浮現出異樣的畫面。
想起曾在一個密室，和其他人一起到過這兒；你向他們訴説關於海岸的一切，與他們分享你的靈魂。
後來你們都走出了房間，可是交分的靈魂依然存留在彼此身體裡。
你記得你那時候，多麼想要死去。

如今你明白了更多，關於生命中無能追尋，探究的東西。
你知道活得越純粹，離危險就越近。

04.

睡在鵝卵石上不如想像中舒適。

月出的時候，你以為是天要亮了。
難道有人打著燈找到你了嗎，在海岸被尋獲的可能。

月的光灑落海上，闢出一條粼碧的路，通往他自身。
你想起他們說過的名字：月河。

寂寞的人被更孤獨的事物撫慰了。

忽然想念白天。如果月光是希望，那太陽呢。
讓希望光明的人。

05.

在夜的海岸寫字。
放棄視覺地，不斷地寫。

看不到筆記的橫線，只想移動鉛芯。
用你引以為傲的，最無能的武器，抵抗海的呼喚。

想起你愛的人。
在白天是什麼模樣，晚上你會不會更愛他。

這裡是世界的盡頭。

06.

忘了已經過幾個晝夜。

海浪的聲音，反覆淘洗你。
像一個永恆的問句，而你無法回答。

你終於崩潰。情不自禁在岸邊吼叫起來，如一個自棄的人無助地發洩，適得其所。
接著你開始流淚，明白這可能是最後了，再沒有任何的加冕或剝奪，沒有掌聲也沒有訕笑。唯一的觀眾是你的卑微。

流著淚，你慢慢唱起了歌，王宏恩的月光母語，不確定的音節，太巴塱之歌，自唱自和……漸漸你也不需要歌了，只是發出各式無意義的長音，為了張開一道城牆，在你和海之間奮力撐出一條縫隙，好讓你確定還有什麼是自己，不被掏盡。

直到你連聲音也失去。

07.

於是，你開始跳舞。用前所未有的方式。

閉上眼睛，任海風吹拂你身肢，看不見的懸線拉扯你的肌肉，傀儡般地蹦跳了起來。你讓空無盡情擺布，任他在指尖旋繞，像經過廟宇的廊柱；任他竄到你肩頸，如初生的幼虎；任由他在你背後，托著你，使你弓身，彷彿要從胸腔撐破肋骨。

你突然聽不見海了。
只聽見自己踩在沙灘上的足印，棉花一般沉悶的低鳴。風的吹息平靜而深遠，在你耳窟築下祕密的巢，你知道千百年前他就這麼唱著，從你未降生之前，直至今日。
你越跳越快，越舞越狂，最後力竭，昏迷。

08.

醒來，依然不是白天。
夜還在繼續，但你已耗盡所有氣力。

你不思不想，只是看著月光明亮，每一顆星星都像露水般閃爍，那澄澈而磊落的美，黑洞般慢慢奪攝你的心神，你覺得自己不能再看，於是閉上眼……

奇妙的事情發生了。你自眼瞼的黑暗中，感覺自己的心跳漸緩——就像幾年前因失戀而瀕死的那回。某種異樣的堅決與信念，浮上心頭，那坦蕩也許來自於方才與生命的拚搏，又也許只是某種迷離幻覺，帶著極度神聖的空洞。你的意志完全明朗，靈魂彷彿被注入了新的覺知，自血液裡暈開。

此際，你發現你不再是自己，你是世界了。
也總算明白了那過去無從命名之物。生命中最根本的虛無，從來不是來自於世界，而是你自身。那虛無並非邪惡或良善，僅是宇宙的本質，是最可怕同時最偉大的事物。終極的「有」，無處不存的「在」。

那就是他們口中的神，宇宙的命運。
你起身，發抖著，試圖伸出手臂，睜開雙眼，跪了下來。

現在，我可以放棄一切。
你說出話語，不悲不喜。再次留下淚水。恍如隔世。

花了你三十一年的時間。你終於親眼見到祂了……

09.

再一次醒來。日光明豔。
灰藍的沙灘覆上了一層象牙白。

黎明的海水，從澄黃變成亮金。但你不覺得刺眼。
此刻你看見同樣閃耀的事物，也能看見他們底下的陰影。
沒有不適，也不再雀躍。

就像生命，也許不值得活，但也不值得死。
一切自有定數，你所能做的只是盡情走到將盡之日。
前所未有的平靜。你明白，這意味著你的流浪已然結束。

同時也代表新的旅程，才要開始。

追尋意義的過程，本身就是目的。
並沒有所謂的彼岸。
當你準備好，每一個腳印都是菩提。

是可以回去了。
回到你曾經熟悉的文明，人類社會。
也許好好洗個澡，吃頓母親煮的餐飯。

想念的城市，有一個家。
那裡也有另一片海在等你。

晚安

與心念搏鬥的早晨，恍惚聽見鳥鳴。
失去森林的樹木，和沒有翅膀的天空，何者較悲傷呢。

大樓的背後，天空透著嬰兒色的光澤。
你對著杯子說早安。燃起點菸的慾望，把麥片喝光。

世界要開始運作了。或許從沒停止過。你只想如你所是，但身為社會的一份子，還有許多應該的事。從很久前就發現，沒有任何一個人的身世會真正逸散。宇宙持續流轉，所有變異皆虛幻，只有變異的本身為真。慾望，榮辱，政治，日常，破敗的會更毀滅，輝煌的終黯淡……

拉上窗簾，你對著螢幕說晚安。

後路

隨著年歲增長，你比過去都更相信命運，和天賦。

你知道能夠看見水裡的石塊，得以踏渡長河，不只是因為你運氣好。因為看得到，所以踩得夠穩，沒被水流帶走。因為過得了，你才成為過來人，能夠在這裡大放厥詞。

他們以為你一直是堅決清楚。卻不知道能這樣走，是因為你沒有後路。

後路是你以為能夠說服自己，去成全別人的願望；後路是你早知道不可能發生，卻不願意面對的選擇。

認清之後，就沒什麼好羨嫉的。

正如葛吉夫說的：你在監獄裡。
如果你想要離開監獄，首先你得明白你是在監獄裡，如果你認為你是自由的，你就無法逃出。

我們都是生命的賭徒。

沒有後路，也是禮物。

責任

你是植物
就要與光合
不能一心嚮往黑暗

連著幾天和他說話，從創作、信仰，到生活、日常瑣事。
釐清了許多想法，也更確定之後該走的路。

我跟他說，自己心目中最好的創作者，是玄奘。

一生只發一個願。一個簡單，卻無比艱難的宏願。

他花費所有的時間去了解旅途，盡一切的努力只為了前往。
然後他去了，遭遇劫難，歷盡辛苦，最後到達。

他來到一輩子嚮往的地方，看到了渴望的典籍，卻沒有因為眷戀而留下。他回來，並用餘生將它們翻譯成冊。後世才得以看見這些珍貴的經文。

回來，幾乎是最重要的。
雖然過程中任何環節都缺一不可，但更重要的是最後，記得回來。
因為得到需要天份、努力及幸運，可是能回來，願意與他人共享美好，才是取經的真諦。

聽完，他說我變了。從前我是不管別人的。

我說我也不知道。

不覺得心裡有別人，但曾幾何時，也不再只有自己。

2016

回想這一年，改變生命最多的際遇，該是去中山旁聽賴錫三老師的課。

每個禮拜二下午，騎半個小時的機車到鼓山。聽兩個小時的課，看三個小時的海。直到太陽隱沒海面，粼粼的水光轉成黑暗。

上下學期，從莊子到老子，慢慢排出積累的，國教底下儒家的遺毒。
最後也不恨了，知道那也只是某種方便法門。
為了讓社會安定的手段，接近愚民的社會控制。終究是不行的。

一旦智慧鳴放，人會明白真正的道德。
不是教條，不是誓約，更不是律法。
是看透世道的覺知，破除善惡，徹底混淆的相信。
完全的無欺。

當老子說：聖人無常心。
那感情比推己及人更遠，比己所不欲，勿施於人，艱難百倍。

要相信那些欺騙你的人，善待那些不善待你的人。
若能如此處事，世上再沒有不信之人。
若能如此待人，世上再沒有不善之人。
讀完幾乎流淚。

這不就是耶穌所說：你的仇敵若餓了，就給他飯吃；若渴了，就給他水喝。要愛你們的仇敵，為那逼迫你們的禱告……

終極的愛啊。
一如佛陀的割肉餵鷹。

當莊子說：道在螻蟻，道在屎溺。
愛到了極致，聖俗無分。
當戀人落淚時，想成為他的眼淚，當戀人排遺時，想成為他的尿水。
本質都是一樣的。

你也慢慢明白了輪迴。

當你看著雨，知悉它們自雲而來，而雲從湖海。
當你感覺身體燃燒著能量，那是你自植物光合，攝取太陽的火焰而生。有一天你會和光同塵，將光的還給光，黑暗的返還黑暗。

你明白那命運的難得，如山的垂線靜靜穿過針眼。
明白天堂與地獄，都在現世。修羅與佛只在一念之間。

明白一切的路途都是進程。

沒有所謂的前功盡棄，也沒有存續。
這一世烏有了，下一世，依然得再來。

你將獨自前往伊斯特蘭。直到窮盡，直到枯竭。
直到死亡的陰影刺瞎你的雙眼。

愛人

很久之後才明白
那就是神的樣子

美好的事物，在經驗的當下並不會知道。
只能沉浸著，忘記身邊還有其他。一回神往往是人間十年。

在夜裡看著回憶的倒影，慢慢對往事註解。
忽然發現，原來那便是愛著。

那段感情也許暴烈冷僻，也許不堪畸零，但你無法後悔。
這故事有彼此生命的語言，內容是你們共同生活的枝節。
你們誠實地，投注所有的自己。
於是，那愛成為了你們的創作。

原來如此。當你在夜裡，對著過去摺頁，劃線，細數那些深植的痛苦和笑臉，不由地滿懷感激。

你是為了完成這樣的愛情，而來到世界。

放手

前陣子，夢見自己愛上一個人。

人是這樣的，在得到救贖之前，不知道自己有罪。
在遇到他之前，你不知道自己的寂寞。

以為還有渴望說話，耐心傾聽，就能分化，就能慢慢消解這孤獨下的傷口。
怎知日去其半，再半，那密如指隙的空洞，永世不竭。

你也慣了，甚至樂於帶著它生活。
過去心很早就沒有，現在心還有一點，未來心不可得。

然而他的出現。他的出現，像某種遙遠記憶的返照。

你記得你們的第一句話，是他先問你，過期四天的豆漿還能不能喝。而你問他的胃好嗎。如果夠好，就喝。
他搖搖頭，把豆漿倒光。

你在那時刻似乎明白了什麼。關於命運和鑰匙。
你摸了摸後頸的刺青，知道可能來不及了。

每天每天地分享著語言，字詞，經過著與曾經過的事物。
你的恆定慢慢失去平衡，你想傾盡宇宙之力保留的生活，變成了眼前人。

想像你終其一生在等待一個未知的東西。
等它的名字。也等它給你名字。
現在它給你了，你卻瘋了。

當一切太過美好，生活變成別的不再能承受的東西。
你開始想活在明天，還開始期待一些不可能的事情。
你忘了人世無常，忘了自己只是血肉之軀，也平庸昏昧會犯錯。

而你確實犯了。精準地，傷害了彼此。

那悔恨絕無僅有地燙在你的海馬，心室，骨節和神經末梢。
一個禮拜內，你失能地鎮日被待辦事項拋擲，每一個落地都留下更多破片。

你突然想到了洪七公，他被稱為九指神丐的原因。
這男人一生行俠仗義，但因為某次失誤，因貪愛美食而耽擱了正事，間接害死了友人。
懊悔之餘，自斷一指，以提醒自己餘生再不能覆轍。

如今你也將那哀痛的手指切下。放在一個不被記憶的地方。
用剩下的身體療傷。

神用箭將愛情刺進你心底，那倒鉤比尖端更深。
拔除的時候連皮帶肉。

連那最美的光。

一直都明白，命運是這樣的。
無論好壞，萬事萬物皆為芻狗。

你也釋懷了。什麼都不要的人，什麼都有。
只是沒那個命。

能遇到是因為你配，不代表你就能要。

現在，你只能等，等日昇月落，等時間乾涸。
等到你有足夠的智慧能放手了，就用這份心意嫁作他的衣裳。

把對方留給更值得的人，替他歡喜。

懂事

依舊是走在霧裡
那麼地在意著花

從來是不會後悔的人。
不是因為沒有遺憾，而是明白悔恨的無能。
發生的事已然完結，自殘只是於事無補的消遣。

不後悔，意味著徹底接受選擇的結果。每個當下都是決絕。

當然，偶爾仍會掛懷過去。
隨著年紀增長，更知道了人情的事。
知道會渴望改變曾經，不是因為悔恨，而是懂事了。

覺得現在，一定可以做得更好。
不再是孩子了，更棒的是，也沒有變成大人。

新年快樂

那個男人，在地下道裡跪著。
面前擺著一只免洗碗，不斷地磕著頭。

他做錯了什麼，為什麼像在悔過？
經過的人不曾低頭，任他像客廳的鐘擺晃動。兀自在個別的軌道上運轉。

而你站在這頭，隱隱感覺星球有了不同的明暗。
走過去他面前，你也跪了下來。

仰頭的視線是來來往往的鞋跡，襪子，褲襬，再上去是半裸或衣物包覆的小腿。
每一個人走路的樣子。

是那麼美，那麼不由自主；那麼地誠實，那麼無情。

你想起顧城說的：生如蟻而美如神。

我們都不過是這微渺星球上的塵埃，不被祝福地存在這世界。
在這看似徒勞的日子裡索求一點溫熱，為了自己心底的小小嘉年華。來日方長，卻也去日無多。

把自己的日子過好就夠了，不需要再費力去詛咒別人。
除了競爭，應該還有更尊榮的選擇。
像是合作和共生。

這個世界其實沒有「他者」，一切的生命都是「我們」。

你掏出口袋全部的紙鈔和銅板，投入碗中。

你說新年快樂。

後記

/

喜歡黑暗的人，因為他們比誰都珍惜光。

越是平靜的時候越是想起那些俗豔的話。
我與我的悲傷快樂地生活。

日子是持續被世界餵養也餵養世界。
恨的時候就吐出毒液，愛的時候就超渡他人。

用言語摺出紙鶴蓮花，大把大把地燒。
他們的好壞其實都與你無關。你只是必須寫字說話，就像遇見過去的自己。告訴他想殺人是正常的事，真的去殺，也沒關係。

殺意也可能是愛的表徵。不能殺你恨的人。

/

有一天也許會被認為離經叛道，大抵也不過是彼此的道路不同。
真心地走比什麼都重要。

更容易地失眠，如數家珍地夢見那些分崩離析。
醒來就遺失情境，徒留感覺。
自另一個宇宙被放逐的孤獨。

漸漸你甚至不需要夢了，在現實中也可以練習解離。

有一個人能說晚安是很美好的。
但是早安，但是早安。

那是渴望明天的人，企圖延續一切的貪婪。
你明明只想活在此刻，有時仍不免貪心。

/

許久之前，他曾說過，轉化痛苦的方式就是獻身。而我知道獻身其實就是燃燒，忘我地自焚。這樣的燃燒不會有煙塵，也沒有灰燼，只有無盡的灼熱。他說痛苦會產生美麗的晶石，但美麗使我困惑，並更加寂寞。

從未想過會出版散文。
直到寫完〈海的房間〉，好像有了某種動力。

《別人》分成四輯：《燈火故事》、《有時而盡》、《指月之手》、《海的房間》。輯一收納了在咖啡館的日子裡，與相遇之人發生的情節；輯二是和過去戀人的感情記事，從崩潰到恢復平靜的過程；輯三寫給家人，也寫給自己喜愛的事物；最後的輯四，則是記錄去海邊露宿，晃蕩前後心境的轉變。它們是我的生活索驥，刺在記憶裡的斑駁紋身，是我顛倒反覆的日常沙漏裡捨不得倒落的沙粒……

幾次去海的身邊，都以為不會再回來。沒料到至今仍未離開。

別人，是自己以外，被區分的人。是告別的人，告別了人。是如果有以後，不想再當人。

/
一天早上，做了很久以後的夢。

夢到妻子懷著孩子。說希望是男孩像我。
我看不清楚她的臉，但笑了。

而祂拍拍我的肩膀，說抱歉。妻子與孩子只能留下一個。

/
阿穆斯塔法說，愛別無所求。愛只為成全自己。
感受那些過多的溫柔所帶來的痛苦。
在愛中被感受所傷，心甘情願地流血。

我說留下他們。
祢可以把我帶走。

智慧田 106　　　別人

文字 / 攝影：任明信｜封面圖：鄭博仁｜出版者：大田出版有限公司　台北市 104 中山北路二段 26 巷 2 號 2 樓｜ E-mail:titan@morningstar.com.tw ｜ http://www.titan3.com.tw ｜編輯部專線（02）25621383 ｜傳真（02）25818761（如果您對本書或本出版公司有任何意見，歡迎來電）｜行政院新聞局版台業字第 397 號｜總編輯：莊培園｜副總編輯：蔡鳳儀｜行銷企劃：陳惠菁｜行政編輯：鄭鈺澐｜整體美術設計：大梨設計 service@dualai.com ｜校對：金文蕙、任明信、陳顗如｜初版：2017 年 6 月 10 日｜初版十刷：2023 年 6 月 5 日｜法律顧問：陳思成 律師｜定價：新台幣 350 元｜國際書碼：ISBN：978-986-179-491-4 CIP：855/106006933

ISBN：978-986-179-491-4 CIP：855/106006933

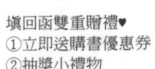